Florian Körner

AF236934

Rick Sky

Volume I

Verloren in der Dunkelheit

Impressum

Bibliografische Information der Deutschen Nationalbibliothek: Die Deutsche Nationalbibliothek verzeichnet diese Publikation in der Deutschen Nationalbibliografie; detaillierte bibliografische Daten sind im Internet über http://dnb.d-nb.de abrufbar.

© 2024 Florian Körner

Covergestaltung: Florian Körner

Lektorat/Korrektorat:

BoD – Books on Demand, Norderstedt

Herstellung und Verlag:

BoD – Books on Demand, Norderstedt

ISBN 9783753444031

Dieses Buch widme ich meiner Familie.

In Gedenken an

Wolfgang Körner (31.05.2012)

Inhalt

Prolog

Diese Geschichte begann im Jahr 1999, an einem kalten und verlassenen Ort. Die Sonne war gerade untergegangen. Im Star Park, dem Stadtpark im Zentrum von Jupiter City, befanden sich nun keine Menschen mehr. Nachdem der Park früher ein beliebtes Ziel der Anwohner, aber auch von Touristen und Durchreisenden war, änderte sich das jedoch, nachdem die Kriminalität in der Stadt explodierte. Die Bäume hatten all ihre Blätter verloren und viele Sträucher waren abgestorben. Leichter Frost bedeckte den Boden. Nur eine einzige Person befand sich an diesem Abend noch im Park. Der Mann auf der alten Parkbank schien nervös zu sein. Sein Blick wanderte immer wieder zwischen seiner Armbanduhr und dem einzigen Eingang des Parks hin und her. Nach mehreren Minuten wurde er ungeduldig. Sollte er gehen? Doch es war ein sehr wichtiges Treffen. Er musste unbedingt jemanden treffen. Der wartende und nervös wirkende Mann war Peter Clark, ein Mann Mitte fünfzig. Der ehemalige Geheimdienst-Mitarbeiter war mittlerweile starker Alkoholiker. Der Job hatte ihn gezeichnet und gebrandmarkt. Seine besten Zeiten lagen schon lange hinter ihm. Vierundzwanzig lange Jahre hatte er für die WSA, die World Security Agency, gearbeitet. Der globale Geheimdienst diente nicht nur dem Schutz eines Staates, sondern einer Staatengemeinschaft und deren Organen und Einrichtungen. Die WSA operierte und agierte als weltweite Schutzeinrichtung. Es waren für Peter Clark harte Jahre der Selbstaufopferung, ohne Privatsphäre, unter ständiger Überwachung und ohne eine eigene Familie. Er lebte nur für seine Arbeit, die unter die höchste Geheimhaltungsstufe fiel. Deshalb pflegte er auch keine sozialen Kontakte. So jedenfalls lauteten die Vorgaben seiner Vorgesetzten. Vor einigen Jahren jedoch stieg Peter aus. Er versteckte sich, denn er wusste Dinge, für die ihn bestimmte Gruppierungen tot sehen wollten. Er lebte fortan auf der Flucht, wechselte alle paar Wochen seinen Wohnort, lebte in ständiger Angst. Das trieb ihn schließlich auch in die Alkoholsucht. Ein paar Tage zuvor machte er jedoch eine Entdeckung, die ihn dazu veranlasste, aus dem Schatten zu treten und einen seiner ehemaligen Kollegen zu kontaktieren. Ellis Richards, brillanter Datenspezialist, war nach Clarks Meinung der Einzige, dem er sich anvertrauen konnte. Sie arbeiteten seit Jahren zusammen und waren so etwas wie Freunde geworden. Das kam dieser Definition so weit nahe, wie man es überhaupt in diesem Beruf sein kann. Ellis würde ihm glauben, ihm helfen. Er hatte dem Treffen sofort zugestimmt und den Treffpunkt ausgewählt.

Peters Nervosität stieg mit jeder verstrichenen Minute weiter an. Als er dann seinen Blick Richtung Parkeingang richtete, stand plötzlich ein Mann vor ihm. Reflexartig sprang Peter auf und checkte sein Gegenüber ab. Der gänzlich schwarz gekleidete Mann war etwa 1,90 m groß, schlank, aber muskulös mit kurzen pechschwarzen Haaren. Er trug einen langen Mantel, dazu Lederhandschuhe. Der hochgestellte Mantelkragen verbarg den Mund seines unerwarteten Besuchers.

„Ich hätte nicht gedacht, dass Sie persönlich hier aufkreuzen würden, aber ich hätte es mir eigentlich denken können", sagte Peter zu dem geheimnisvollen Mann. Er schien sichtlich nervös zu sein.

Der Unbekannte öffnete seinen Mantel. Peter erkannte seinen diabolisch lächelnden Mund. An der Oberlippe zeichnete sich eine kleine, jedoch dicke und äußerst markante Narbe ab, die das ansonsten makellose Gesicht verunstaltete. Der Mann ging auf Peter zu, der im selben Moment zurückwich.

„Aber Mr. Clark, Sie haben doch hoffentlich keine Angst vor mir? Nun. Ich weiß, dass Sie eigentlich Ellis erwartet hatten. Ich musste ihm vor Kurzem einen unerfreulichen Besuch abstatten, der nicht gut endete. Es war reines Glück, dass ich Ihre Nachricht auf seinem Anrufbeantworter fand. Wirklich nur ein dummer Zufall, der mich auf Ihre Spur brachte. Ansonsten hätte ich nie erfahren, dass Sie noch leben und auch noch im Besitz einer bestimmten Diskette sind – mit angeblich sehr wichtigen Informationen." Das Grinsen des Mannes wurde breiter.

Peter war kreidebleich und wurde immer nervöser, er begann aufgeregt zu stammeln. „Sie werden die Diskette nicht bekommen. Ich habe sie nicht bei mir. Sie ist an einem sicheren Ort versteckt, wo nur ich sie finden kann."

Plötzlich wandelte sich das Grinsen des Mannes. Sein Blick gefror, seine Augen wirkten wie die eines Haies, es war nichts Lebendiges in ihnen zu erkennen. Er trat mit kleinen Schritten an Peter heran, bis er nur noch wenige Zentimeter von ihm entfernt war, beugte sich dann zu ihm vor und flüsterte ihm nur ein einziges Wort ins Ohr. „Gut!" Dann rammte er ihm eine Klinge, die blitzschnell aus dem Ärmel seines Mantels herausschoss, direkt in die Brust. Peter schrie kurz laut auf. Er keuchte und griff nach dem Arm des Mannes, doch es war zu spät. Kaum zog der Fremde die Klinge aus Peters Brust, fiel dieser auf den kalten Boden des Parks. Er war auf der Stelle tot. Aus der linken Manteltasche zog der Mann ein Tuch heraus und reinigte ohne Hast fein säuberlich die Klinge. Dann ließ er sie im Ärmel seines Mantels verschwinden. Das Tuch warf er in einen Papierkorb und verließ anschließend pfeifend den Park in der Dunkelheit verschwindend.

Kapitel 1: Blackout

Vier Wochen waren nach den Geschehnissen im Star Park vergangen. Der Februar zeigte bereits Anzeichen des Frühlings. Es war für diesen Monat ein ungewöhnlich warmer Tag gewesen. Die Bewohner der großen Küstenstadt Haven Port, einst direkt an einer großen Bucht erbaut, ahnten noch nichts von den Ereignissen, die in nur wenigen Momenten ihren Anfang nehmen würden und ihr Leben nachhaltig für immer verändern sollten. Es waren nur ein paar Sekunden vergangen, nachdem die große Glocke am Kirchturm 12 Uhr schlug, da hörten die Anwohner der Küstenstadt einen lauten Knall. Direkt über der Hafenbucht gab es in etwa zwanzig Metern Höhe eine riesige Explosion. Der gigantische Feuerball verharrte in der Luft. Kurz danach stürzten brennende Wrackteile vom Himmel hinab ins Wasser. Die Feuerwehr und die Küstenwache rückten in Windeseile aus und erreichten wenige Minuten nach der Explosion den Hafen. Mit Löschschiffen fuhren sie die Bucht hinaus. An der Absturzstelle angekommen, fanden sie nur schwimmende, teils noch stark brennende Wrackteile vor.

Ann Sky bereitete gerade in der Küche das Essen vor, wie sie es jeden Tag tat. Wie immer beim Abwasch blickte sie gedankenverloren aus dem Küchenfenster hinaus auf die Bucht. Seit fünf Jahren lebte sie in Haven Port und bis zu diesem Tag war nie etwas Aufregendes in dieser Stadt passiert. Das änderte sich schlagartig, als ein Knall die Fenster ihrer Küche zum Vibrieren brachte und sie draußen über der Bucht eine Explosion sah. Ann glitten die frisch gespülten Teller aus der Hand, die auf dem Küchenboden klirrend zerbrachen. Die Menschen, die gerade noch in der Einkaufsmeile spazieren waren, rannten Richtung Hafen. Jeder wollte sehen, was passiert war. Die Schaulustigen drängelten und stießen sich gegenseitig zu Boden. Minuten nach der Explosion flogen bereits die privaten Löschflugzeuge von Cunnings Industries, einem ansässigen Großkonzern, über die Absturzstelle. Die Küstenwache konnte derweil einen Überlebenden aus dem Wasser ziehen. Er schien wie durch ein Wunder unverletzt zu sein und hatte keine sichtbaren Verbrennungen. Es war ein junger Mann, gerade mal sechzehn oder siebzehn Jahre alt. Die Notärzte stellten vor Ort keine inneren Verletzungen fest, nicht einmal oberflächliche Wunden wie Schnitte oder Kratzer. Er war vollkommen unverletzt. Ebenfalls anwesend war auch die hiesige Polizei. Der leitende Ermittler, ein gewisser Montgomery Wesley, versah bereits über 30 Jahre seinen Dienst und stand kurz vor seiner Pensionierung. Er war schon vor fast zwanzig Jahren ergraut. Wesley war schon lange seinen Beruf müde geworden und freute sich auf seinen Ruhestand. Der junge Mann wurde gerade auf einer Trage zu einem Krankenwagen gebracht, als er am Unglücksort eintraf.

„Was haben wir hier?", fragte Wesley seine Kollegen vor Ort.

„Nichts, Sir. Keine Brieftasche, keine Ausweise, nichts, was uns etwas über seine Identität verraten würde."

Keine zehn Minuten später wurde der Junge ins nahe gelegene Krankenhaus gebracht, wo er immer noch ohne Bewusstsein war. Durch eine angeordnete Blutabnahme und den Abgleich mit der dortigen Datenbank kam es zu einer Übereinstimmung. Es handelte sich um Rick Sky, einen jungen Mann aus Haven Port, der zwei Jahre zuvor bereits für tot erklärt worden war. Die Ärzte sowie die Ermittler standen vor einem Rätsel. Detective Wesley ließ die nächsten Angehörigen ermitteln, dadurch konnten sie die Mutter des Jungen in Haven Port ausfindig machen. Es war Ann Sky.

Ann hatte in der Zwischenzeit Besuch von ihrem alten Bekannten Tom Robertson bekommen, den sie sofort nach dem Zwischenfall in der Bucht angerufen hatte. Er war ihr einziger Freund in Haven Port. Die Explosion hatte sie beunruhigt und sie wollte deswegen nicht alleine sein. Tom war ein Wissenschaftler, der vor einigen Jahren für die Regierung gearbeitet hatte, mittlerweile jedoch freischaffender Wissenschaftler war und eigene Forschungen betrieb. Sie saßen gerade am Esstisch, als das Telefon klingelte. Ann nahm den Telefonhörer ab. Die Krankenschwester am anderen Ende der Leitung erklärte ihr, dass man ihren Sohn Rick gefunden habe. Ann blieb wie erstarrt stehen. Sie konnte es nicht glauben: Ihr Sohn, den sie über zwei Jahre lang für tot gehalten hatte, sollte am Leben sein! Nachdem sie den ersten Schock verdaut hatte, machte sie sich zusammen mit Tom auf den Weg ins Krankenhaus.

Zur selben Zeit wurden die verbrannten Überreste geborgen und für nähere Untersuchungen zu einem speziellen Hangar der Polizei im Hafenviertel gebracht. Es konnte bereits bei der Bergung festgestellt werden, dass es sich dabei ursprünglich mal um ein kleines Flugzeug gehandelt hatte. Vor dem Eingang und dem Parkplatz des Krankenhauses hatte sich eine große Menschenmasse versammelt, darunter viele Schaulustige, hauptsächlich aber Leute von der örtlichen Presse. Sie versuchten fieberhaft in das Gebäude zu gelangen, denn jeder wollte als Erstes an Informationen gelangen. Im Eingangsbereich wurden Ann und Tom bereits von Polizisten erwartet und anschließend von Detective Wesley in Empfang genommen.

„Mrs. Sky? Ich bin Detective Wesley, ich leite in diesem Fall die Ermittlungen. Sie müssten uns bestätigen, dass es sich bei dem gefundenen Jungen um Ihren vermissten Sohn handelt."

Ann nickte nur kurz und lief an Wesley vorbei, sie wollte Rick sehen. Eine Krankenschwester brachte sie in das von Beamten bewachte Zimmer. Ann erkannte sofort ihren Sohn und schluckte heftig. „Das ist mein Junge, ohne jeden Zweifel, er ist es. Seine Haare sind dunkler geworden, aber er ist es zu 100 Prozent."

Der Detective machte sich Notizen auf seinem kleinen Schreibblock, den er immer in seiner Jackentasche bei sich trug. Allmählich wachte Rick auf. Er wirkte zwar noch etwas benommen, aber das verging nach ein paar Sekunden. Jedoch wurde schnell festgestellt, dass er an einer vorübergehenden Amnesie litt, denn er konnte weder seine Mutter erkennen, noch wusste er, wo er war oder was überhaupt geschehen war. Selbst seine eigene Identität war ihm unbekannt. Er wusste nichts mehr aus seinem bisherigen Leben. Die Ärzte versicherten Ann, dass nach solch einem Unfall derartige Komplikationen vorkommen konnten und sie ihm einfach ein paar Tage Zeit geben sollte. Eine Woche lang musste Rick jedoch im Krankenhaus bleiben, zur Beobachtung. In dieser Zeit kam Ann jeden Tag. Sie brachte Kleidung und Bilder mit, um Rick zu helfen, seine Erinnerungen wieder zurückzubekommen. Doch sie kamen nicht zurück. Durch seine Mutter erfuhr er so viele Dinge über sich, über sein angebliches Leben. Es waren zu viele Informationen auf einen Schlag, um sie direkt verarbeiten zu können. Er erfuhr von seinen Brüdern, zum Beispiel von John, seinem ältesten Bruder. Dieser arbeitete in Jupiter City für die World Security Agency. Dann gab es noch Riley, einen Soldaten, der sich zu dieser Zeit im Auslandseinsatz befand. Auch erfuhr er von seinem angeblichen Tod zweieinhalb Jahre zuvor. Er war auf einem mehrwöchigen Segelausflug mit seinem Vater Jeff gewesen. Als sie in einen heftigen Sturm gerieten, kenterte ihr Boot und beide galten als verschollen, bis nach sechs Monaten Suche die Leiche von Jeff geborgen wurde. Auch die Überreste des Segelschiffes wurden gefunden. Aber von Rick fehlte weiterhin jegliche Spur. Da dadurch die Chancen für Ricks Überleben gegen null tendierten wurde er ebenfalls für tot erklärt.

„Ich bin also vor zwei Jahren zusammen mit meinem Vater auf hoher See verschwunden … Aber wie bin ich dann vor einer Woche mit dem Flugzeug hier angekommen? Wo war ich die letzten zwei Jahre?", fragte er sich.

Rick war frustriert, er konnte sich einfach an nichts erinnern. Er hatte auch das ständige Rumliegen im Krankenhaus satt, er wollte so schnell wie möglich mit seiner Mutter nach Hause gehen. Nach mehrmaligem Nachfragen gaben die Ärzte nach und Ann konnte ihren Sohn endlich mitnehmen.

Tom holte die beiden mit seinem Wagen ab und brachte

sie zu Anns Haus in der etwa 15 Minuten entfernten Deaver Street. Ricks altes Zimmer war mittlerweile ein Arbeitszimmer. Tom stellte ein altes Reisebett auf und so konnte sich Rick etwas hinlegen und ausruhen. Während er in seinem Zimmer lag, konnte er Ann und Tom miteinander flüstern hören.

„Die Polizei hat das Flugzeug freigegeben, sie haben die Untersuchungen abgeschlossen. Sie sind sich sicher, dass Rick der einzige Passagier war und dass er die Maschine selbst geflogen ist. Da ich Wesley schon lange kenne, konnte ich ihn dazu bringen, die Umstände zu verschleiern. Offiziell gab es einen Funktionsfehler und dadurch fing der Motor Feuer. So kam es zur Explosion. Die Wahrheit jedoch ist, dass sich an Bord ein Sprengsatz befand, dieser wurde durch einen Funkzünder ausgelöst. Jemand wollte, dass Rick nicht lebend in Haven Port ankommt. Ann, jemand wollte verhindern, dass wir erfahren, dass er noch am Leben ist. Ich konnte Wesley überreden, mir die Überreste des Flugzeugs zu überstellen. Sie bringen die Teile in meine Werkstatt." Toms Stimme klang leicht zittrig, er schien nervös zu sein.

Rick konnte Toms Emotionen fühlen. Am Abend saßen sie beim Abendessen. Da sagte Rick: „Ich habe euer Gespräch gehört." Tom und Ann sahen ihn überrascht an. „Wie konntest du uns hören, Rick, wir waren im Erdgeschoss und hatten die Tür geschlossen", fragte ihn seine Mutter. „Ich weiß nicht, wie, aber ich konnte euch so gut verstehen, als wären wir in demselben Raum." Rick war verunsichert. Er wusste nicht, dass sich Ann und Tom in einem anderen Stockwerk während des Gesprächs befunden hatten. Dann sah er Tom an und fuhr fort: „Ich weiß über die Bombe Bescheid. Lass mich dir helfen, Tom". Rick wollte schließlich auch herausfinden, wer er war und was passiert war. Nach kurzem Zögern versprach Tom, ihn dabei zu unterstützen. „Ich weiß nicht, ob das so eine gute Idee ist", sagte Ann. Tom sah sie verständnisvoll an: „Mach dir keine Sorgen, es wird alles gut werden." Rick und Tom beschlossen, am nächsten Tag damit zu beginnen, den Ereignissen gemeinsam auf den Grund zu gehen. Ann war davon nicht begeistert, aber sie stimmte zu. Sie wusste insgeheim, dass es so am besten war.

Kapitel 2: Bruchstücke

Am nächsten Tag kam Tom früh am Morgen vorbei und holte Rick ab. Sie fuhren in die Stadt. Rick sollte Haven Port kennenlernen, ehe sie zur Werkstatt gingen. Zuerst liefen sie die Deaver Street hinunter bis zu der kleinen Mulley-Bäckerei, dann ging es Richtung Hafen. Haven Port war eine große Hafenstadt. Am Hafen angekommen erzählte Tom, wie dieser noch vor einigen Jahren voll von ansässigen Firmen war, viele davon Boots- und Flugzeugverleiher, Lieferdienste, Shops für Ersatzteile und Speditionen. Der Hafen war früher die Haupteinnahmequelle der Stadt gewesen, bis Cunnings Industries den kompletten Hafen übernommen hatte. Sämtliche Geschäfte mussten nach und nach dichtmachen, da sie den Konkurrenzkampf nicht gewinnen konnten. Auf der anderen Seite der Bucht, gegenüber den mit Brettern vernagelten ehemaligen Firmen, thronte ein gigantischer Wolkenkratzer – der Firmensitz von Cunnings Industries. In der obersten Etage des Gebäudes befand sich das Büro von Charles Cunnings, dem Gründer und Geschäftsführer. Tom beschrieb ihn als einen aalglatten Geschäftsmann, der vor nichts zurückschreckte, um das zu bekommen, was er wollte. Was Cunnings begehrte, war die Stadt, die er sich auch nahm. Es gab keine Einrichtung, keine Behörde in Haven Port, die nicht insgeheim von Charles Cunnings kontrolliert wurde. Er war der mächtigste Mann der Stadt. Tom wusste, wenn sie erfahren wollten, was an jenem Morgen in der Bucht passierte, dass sie es früher oder später auch mit Cunnings Industries zu tun bekommen würden. Als Nächstes sollte Rick die Stadtmitte Haven Ports kennenlernen. Dort befanden sich alle wichtigen Einrichtungen und Geschäfte, laut Tom spielte sich dort auch das gesellschaftliche Leben der Stadt ab. Rick saugte alle Informationen neugierig auf. Es war zwar alles neu für ihn, aber er wollte so viel wie möglich über die Stadt erfahren, in der er lebte.

Im Zentrum von Haven Port lag der große Marktplatz. Dort stand auch das Rathaus, der Sitz des Bürgermeisters Mackoy. Direkt daneben befand sich das Polizeirevier. Offiziell wurden alle Beschlussfassungen der Stadt von diesen Gebäuden aus getroffen, jedoch wussten die meisten Menschen, dass in Wahrheit Cunnings aus dem Cunnings-Industries-Wolkenkratzer im Hintergrund die Fäden zog.

Durch sein enormes Vermögen und den Einfluss, den er hatte, war er insgeheim Herrscher von Haven Port. Niemand wehrte sich bisher dagegen, wieso auch, verdankte die Küstenstadt ihren Wohlstand doch gerade Charles Cunnings. Der Reichtum Haven Ports zog aber auch viele Kriminelle und Verbrecher an, die etwas davon abhaben wollten. Haven Port besaß allerdings einen entscheidenden Vorteil, denn es war ideal gelegen. Die Stadt befand sich in einer großen Bucht, umringt von riesigen Klippen, durch die nur eine kleine Öffnung existierte, durch die Schiffe und Flugzeuge zur Stadt gelangen konnten. Diese Öffnung in den Klippen wurde von Flugabwehrgeschützen bewacht, die verhindern sollten, dass Unbefugte in die Stadt eindrangen. Auf der Spitze der Klippe befanden sich ebenfalls Abwehrgeschütze, die das Überfliegen der Klippen verhindern sollten. So sollte sichergestellt werden, dass nur die Öffnung zum Erreichen der Stadt genutzt wird und so eine sichere Kontrolle der Einreisen gewährt werden würde. Die ganze Verteidigung übernahm die Sicherheitsabteilung von Cunnings Industries. Der Schutz der Stadt war allerdings mehr als berechtigt, lauerten auf hoher See doch gefährliche Luftpiraten. Diese tauchten vor einigen Jahren auf und überfielen seitdem ständig Frachter und schossen andere Flugzeuge ab. Über den Anführer der Piraten war nichts bekannt, nur dass er ein äußerst gefährlicher Mann war und als großer und starker Anführer galt, den niemand im Kampf besiegen könne. Bisher konnte den Piraten kein Einhalt geboten werden, da niemand wusste, wo sich ihr Lager befand und sie immer aus dem Nichts aufzutauchen schienen. Nachdem Tom und Rick ihre Stadtführung abgeschlossen hatten, gingen sie in Toms Werkstatt, die sich außerhalb der Stadt befand. Tom hatte bereits mit seinen Nachforschungen am Wrack der Maschine begonnen. Das Cockpit war zum größten Teil noch vorhanden, so wie ein Großteil der Außenhülle. Die Flügel waren komplett zerstört und es klaffte auf der rechten Seite ein großes Loch, durch das Rick vermutlich bei der Explosion hinausgeschleudert wurde. Es befanden sich weder Fracht noch Unterlagen oder andere hilfreiche Informationen an Bord. Zudem wies nichts auf Ricks Verbleib in den letzten zwei Jahren hin. Jedoch fand Tom bei der genaueren Untersuchung des Sprengsatzes etwas Interessantes heraus. Die Bombe gehörte zu einem speziellen Typ eines Sprengsatzes. Es war keinesfalls die Konstruktion eines Amateurs, sondern das

Ergebnis von Profis. Tom wusste, dass diese spezielle Art von Sprengsatz hauptsächlich von Agenten der Sektion Alpha, einem früheren Geheimdienst, benutzt wurde. Er freute sich über diese Erkenntnis, auch wenn es eine beunruhigende Entdeckung war. Allerdings hatten sie jetzt eine konkrete Spur, der sie folgen konnten. Tom hatte einen alten Bekannten, der früher bei der Sektion Alpha gearbeitet hatte. Er hoffte, dadurch vielleicht weitere Hinweise zu erhalten. Der Kontakt war schon lange Zeit abgebrochen, doch Tom hatte eine Ahnung, wo man Phil finden konnte. Rick war dankbar für Toms Hilfe, doch er wollte den Kontaktmann allein aufsuchen. Er musste einfach selbst etwas tun. Tom erinnerte sich daran, dass Phil sich jeden Freitag im Technologie-Museum in Haven Port aufhielt. Jedenfalls tat er das vor einigen Jahren. Tom war sich aber sicher, dass Phil immer noch Stammgast war oder zumindest jemand vor Ort einen Hinweis auf Phils Verbleib haben könnte. Aus einer kleinen Schublade holte er einen Zettel hervor, auf dem er die Adresse notierte. Das Museum befand sich in der Innenstadt, nicht weit entfernt von dem Krankenhaus, in dem Rick behandelt wurde. Da es erst Dienstag war, musste Rick allerdings noch etwas mit seinem Besuch des Museums warten. Rick machte sich trotzdem auf den Weg, er wollte die Stadt auf eigene Faust erkunden. Während sich der Tag dem Ende zuneigte, wurden auch die Straßen nach und nach menschenleer. Hatte am Tag noch reger Betrieb geherrscht, so war es jetzt wie ausgestorben. Die Stadt schien kalt, fast bedrohlich. Rick kam an einem Schaufenster vorbei, in dem mehrere Fernseher ausgestellt waren. Eines der Geräte war eingeschaltet. Es lief ein Bericht über einen geheimnisvollen Schatten, der seit Jahren bereits in der Stadt Jupiter City gesichtet wurde. In letzter Zeit wurden die Sichtungen jedoch häufiger. Diese schattenhafte Erscheinung trat immer in Gegenwart von Verbrechen auf und vereitelte diese. Die ominöse Gestalt galt seit jeher als Beschützer der Armen und Schwachen und zugleich als Fluch für Gesetzlose. Doch in letzter Zeit verliefen die Angriffe auf Verbrecher immer härter und gnadenloser. Der „Schatten", wie er in den Medien genannt wurde, veränderte sich allmählich vom Beschützer zum selbst ernannten Richter und Henker, der auch vor einem Mord nicht mehr zurückschreckte. Rick war fasziniert von der geheimnisvollen Gestalt und fragte sich, ob es sich dabei um einen Menschen handelte oder etwa um etwas

Übersinnliches. Rick fühlte sich in diesem Moment selbst wie eine Art Schatten, ein Ausgestoßener, eine verlorene Seele, die ihren Platz in der Welt suchte. Er fühlte sich alleine. Ohne die Erinnerung an sein früheres Leben wusste er nicht, wo sein Platz war. Es kam ihm vor, als würde er von Dunkelheit umringt werden, die versuchte, ihn vollkommen einzuhüllen und zu verschlingen. Er spürte, wie er in sie hineingezogen wurde. Er war davon überzeugt, sich bald in der Dunkelheit zu verlieren. Plötzlich wurde er von einer leisen, doch liebevollen Stimme aus seinen Gedanken gerissen.

„Interessantes Programm, was du da schaust."

Als Rick sich erschrocken umdrehte, blickte er in das lächelnde Gesicht einer jungen Frau. Ihre rehbraunen Augen lenkten sofort seinen Blick auf sie. „Wie bitte, ich ähm, was sagtest du?", stammelte er vor sich hin. Dann bemerkte er, dass die Fernseher bereits alle ausgeschaltet waren. Er wusste nicht, wie lange er schon gedankenverloren ins Leere gestarrt hatte.

„Du sahst so verloren aus. Ich dachte, vielleicht kann ich dich ja zurück ins Hier und Jetzt holen." Sie lächelte ihn unaufhaltsam weiter an, bis Rick auch nur noch zurücklächeln konnte.

In nur wenigen Augenblicken konnte sie ihn verzaubern. All seine schlechten und negativen Gedanken waren wie weggeblasen. Sie war etwas kleiner als er, vielleicht um die 1,73 m groß, mit einer sehr sportlichen Figur. In seinen Gedanken kreisten nur noch Fragen über diese geheimnisvolle junge Frau, die da so lieblich vor ihm stand. Sie musste ungefähr in seinem Alter sein, dachte er, vielleicht sogar ein bis zwei Jahre älter. Ihr dunkelbraunes Haar wehte leicht im Wind, der durch die Straße zog. Sie hatte etwas an sich, das ihn faszinierte. Spürte er bei vielen Menschen, die er traf, negative Schwingungen, so spürte er bei ihr nur Positives. Sie schien ein reines Herz zu haben und könnte niemandem etwas Böses tun. Nach kurzem Überlegen sammelte er sich und antwortete der jungen Frau: „Tut mir leid, ich war total in Gedanken vertieft. Ich hatte dich gar nicht bemerkt vorhin. Du hast mich völlig überrascht."

Sie fing an zu lachen. „Ja, das hatte ich gemerkt. Ich bin übrigens Rebecca. Vielleicht sieht man sich mal wieder", sagte sie, lief an Rick vorbei und ging die Straße hinunter.

Während sie davonlief, blickte sie noch einmal kurz über ihre Schulter und warf ihm ein weiteres Lächeln zu. Rick war wie versteinert und blickte ihr hinterher, dann rief er ihr nach. „Ich bin Rick. Rick Sky. War mir eine Freude, dich kennenzulernen."

Sie lief weiter, ohne sich noch einmal umzudrehen, doch sie lächelte vor sich hin. Auch Rick fing an zu lächeln, während er ihr hinterhersah, ehe sie in eine Seitenstraße abbog und aus seinem Blickfeld verschwand. Auf dem Weg nach Hause konnte er nicht aufhören, über sie nachzudenken. Er ging all die Merkmale noch einmal durch, die sich bei ihm von Rebecca eingebrannt hatten. Zum einen ihre wunderschönen langen braunen Haare. Oder ihre Augen, in denen er sich sofort verloren hatte. Er hoffte, sie so bald wie möglich wiederzusehen. Als er in die Deaver Street kam, bemerkte er eine Gestalt, die vor dem Haus seiner Mutter umherschlich. Er konnte sie nicht genau erkennen. Bevor er nahe genug herankam, um sie richtig erkennen zu können, verschwand sie in der Nacht. Rick wollte ihr zuerst noch hinterher, doch dann bemerkte er, dass die Haustür offenstand. Sofort stürmte er in das Haus seiner Mutter und fing an, nach ihr zu rufen, doch niemand antwortete. Sofort erkannte er, dass die einzelnen Räume verwüstet waren. Sämtliche Schränke und Schubladen waren durchwühlt worden. Auf dem Boden lagen diverse Dokumente und Bilder verstreut herum. Rick ging in jeden Raum des Hauses, um nach seiner Mutter zu suchen, doch sie war nirgends zu finden. Im Schlafzimmer seiner Mutter entdeckte er hinter einem Bild an der Wand einen versteckten Safe. Dieser stand einen Spaltbreit offen. Als Rick in den Safe sah, lag lediglich eine leere Mappe darin. Was auch immer für Dokumente darin verwahrt wurden, sie waren wohl gestohlen worden. Rick sah sich weiter in dem durchwühlten Zimmer seiner Mutter um. Es fanden sich keine Anzeichen dafür, dass seine Mutter während des Einbruchs im Haus gewesen war. Jedenfalls entdeckte er keine sichtbaren Kampfspuren. Auf dem Boden lag ein kleines Schmuckkästchen, dieses war ebenfalls leer. Allerdings sah er, als er sich hinunterbückte, dass sich unter der Kommode, vor der das Kästchen lag, eine kleine Münze befand. Beim Durchsuchen der Schränke muss das Kästchen zu Boden gefallen sein und sich dabei geöffnet haben. Rick kam zu dem Schluss, dass der Einbrecher nicht bemerkt hatte, dass die

Münze aus dem Kästchen unter die Kommode gerollt war. Rick hob sie auf und betrachtete sie aus der Nähe. Es handelte sich um ein seltsames Stück Metall. Sie sah bei näherer Betrachtung nicht wie eine gewöhnliche Münze aus. So eine hatte Rick noch nie zuvor gesehen. Nur auf einer Seite befand sich eine Prägung, darauf entzifferte er den Namen „Milan". Die Oberfläche wies eine schwarze Farbe auf. Rick vermutete, dass die Münze nicht aus Metall bestand. Es handelte sich um ein eigenartiges Material. Zudem war sie ungewöhnlich leicht. Außerdem schien das Objekt unter einer Art Spannung zu stehen, denn die Münze vibrierte in seinen Händen. Rick beschloss, sie einzustecken. Plötzlich hörte er ein Geräusch im Flur, kurz danach erkannte er die Stimme seine Mutter, die seinen Namen rief. Schnell eilte er nach unten. Im Eingangsbereich stand seine völlig aufgelöste Mutter. Ann, so wie sie es später ihrem Sohn erzählen sollte, war noch einkaufen gewesen, als sie eine alte Freundin traf, Karen Sullivan. Diese kaute ihr so lange das Ohr ab, bis die Geschäfte geschlossen waren und Ann sich auf den Heimweg machen musste. Sie war erleichtert, dass ihrem Sohn nichts geschehen war. Rick berichtete ihr von den durchwühlten Sachen, dem offenen Safe und dem leeren Schmuckkästchen. Den Fund der Münze erwähnte er aber gegenüber seiner Mutter nicht. Er wollte die Münze vorerst für sich behalten, da sie für den Einbrecher wohl von Bedeutung gewesen war. Es fiel ihm schwer, seine Mutter deswegen anzulügen, doch er hielt es für die richtige Entscheidung.

Nach dem ersten Schock informierte Ann die Polizei. Nach kurzer Zeit trafen zwei Beamte inklusive Detective Wesley ein. Beim ersten Treffen war es Rick noch nicht aufgefallen, aber dieses Mal stellte er verärgert fest, wie arrogant und überheblich sich Wesley benahm. Während die Polizisten sich das Haus und die Verwüstung ansahen und Bilder machten, befragte Wesley Ann. Rick überkam derweil ein seltsames Gefühl. Ihm wurde etwas schwummrig und er konnte nicht direkt dem Geschehen um ihn herum folgen. Doch plötzlich merkte er, wie er konkret die Emotionen Wesleys spüren konnte. Es kam ihm vor, als könne er förmlich seine Gedanken lesen. Er spürte die negative Aura, die Wesley umgab. Rick konnte es nicht direkt deuten, doch er war sich sicher, dass Wesley keine guten Absichten hegte und er kein guter Mensch sein konnte. Rick wurde von seinen Emotionen und Gefühlen derart übermannt, dass er nach draußen flüchtete. Er brauchte dringend frische Luft. Wesley sah ihm misstrauisch hinterher, führte dann jedoch seine Befragung von Ann weiter.

Auf der Straße musste Rick erst einmal tief durchatmen, um seine Gedanken wieder ordnen zu können. Es schien, als hätte er ein Gespür, wenn man es so nennen will, ja sogar einen weiteren Sinn dafür entwickelt, die Aura von Menschen zu spüren und deren Absichten fühlen zu können. Während Rick noch versuchte zu verstehen, was mit seinem Körper passiert war und warum er diese Gefühle spüren konnte, kam Tom auf ihn zu.

„Rick, alles in Ordnung? Was ist denn passiert und wie geht's deiner Mom?" Tom war sichtlich nervös.

Doch Rick konnte ihn sofort beruhigen und über das Geschehene aufklären. Auch weihte er Tom über sein seltsames Gefühl gegenüber Wesley ein. Tom gab zu, dass er sich auch schon über Wesley Gedanken gemacht hatte. Schlussendlich konnten sie zurzeit niemandem trauen, vor allem, nachdem sie den Sprengsatz gefunden hatten und nicht wussten, wer alles damit zu tun hatte. Nachdem die

Polizei wieder gegangen war, packte Ann ein paar Sachen zusammen und zog erst einmal zu Tom, da sie sich in ihrem Haus nicht sicher fühlte. Rick und Tom versuchten etwas aufzuräumen und das verursachte Chaos zu beseitigen. Rick beschloss im Haus zu bleiben. Er hoffte insgeheim, dass die geheimnisvolle Person vielleicht noch einmal zurückkommen würde.

Als Tom und Ann gegangen waren und er noch das restliche Chaos beseitigt hatte, legte er sich auch ins Bett und schlief nach nur wenigen Minuten ein. Es war eine unruhige Nacht für ihn. Sein Herz pochte in seiner Brust und sein Puls raste. Vor seinem inneren Auge blitzten verschwommene Bruchstücke auf. Er erkannte einen langen weißen Korridor, der endlos zu sein schien. Dann sah er mehrere medizinische Werkzeuge auf einem silbernen Tablett liegen. Während dieser Flashbacks hörte er immer die gleiche Stimme in seinem Kopf.

„Führe Auftrag 09 aus. Folge den Anweisungen."

Dann bemerkte er seinen Arm, jedoch bestand dieser nur aus Muskelfasern. Es schien, als sei ihm die Haut abgezogen worden.

„Töte die falsche Königin."

Schweißgebadet schreckte Rick schließlich aus seinem Albtraum auf. Jedenfalls dachte er, es sei ein Traum gewesen. Oder waren es doch Erinnerungsfetzen aus der Zeit vor seinem Absturz? Er fühlte sich in diesem Moment wieder einsam und verloren. Er hatte zwar seine Mutter und Tom, allerdings waren sie Fremde für ihn, da er nach wie vor keinerlei Erinnerungen an die beiden hatte. Er wusste fast nichts über sein altes Leben und konnte sich nicht an schöne Dinge aus seiner Vergangenheit erinnern. Er konnte auch die Angst seiner Mutter spüren, da diese auch nicht wusste, was vor sich ging und wie sie ihrem Sohn helfen könnte. Rick wollte ihr daher nicht noch mehr Kummer aufhalsen mit seinen Ängsten. Er beschloss nochmals aufzustehen und spazieren zu gehen. Als er auf die Uhr blickte, war es gerade 02:35 Uhr. Die Deaver Street war total in Dunkelheit gehüllt. Die Straßenlaternen schalteten sich ab 01:00 Uhr automatisch ab und gingen erst ab 6:00 Uhr morgens wieder an. Trotz der Dunkelheit konnte Rick die Straße und die einzelnen Häuser erkennen. Er konnte in der Finsternis sehen. Es schien, als hätte er eine Art

Nachtsichtbrille auf. Er lief die Straße entlang, bis er ins Hafenviertel kam. Tagsüber war dies schon ein öder und trostloser Ort, aber bei Nacht erschien es wie das größte Dreckloch, das man sich vorstellen konnte. Überall schliefen Obdachlose auf dem Boden und versuchten, sich mit Zeitungen warm zu halten. Rick lief an ihnen vorbei. Es waren Menschen, die alles verloren hatten, ihre Arbeit, ihr Zuhause, sogar ihre Familien. Rick fühlte, dass er etwas für diese Leute tun wollte, aber er wusste nicht, wie. Als er die einstige Promenade entlanglief, beobachtete er plötzlich, wie ein Obdachloser von mehreren Männern geschubst und verbal gedemütigt wurde. Sie stießen ihn hin und her und brachten den Wehrlosen schließlich zu Fall, dann traten sie noch auf ihn ein.

Rick handelte sofort und warf sich zwischen die Männer.

Er schrie sie an. „Lasst den Mann sofort in Ruhe!"

Doch die Männer dachten nicht daran, aufzuhören. Ohne zu zögern, griffen sie nun Rick an. Auf einmal setzte dieses seltsame Gefühl, das er zuvor bereits in Wesleys Anwesenheit verspürt hatte, erneut ein. Ihm erschien alles wie in Zeitlupe. Er sah die Männer, wie sie langsam zum Schlag ausholten. Er reagierte instinktiv und konnte den Angriff des ersten Angreifers kontern und dann blitzschnell den Schlag des Nächsten, der von hinten angriff, parieren. Was für ihn in Zeitlupe geschah, dauerte für die Männer nur ein paar Sekunden. Rick schaltete mit Leichtigkeit die drei Angreifer aus. Sie hatten nicht den Hauch einer Chance. Rick war schockiert über seine Reaktion. Es schien plötzlich, als hätte jemand über seinen Körper die Kontrolle übernommen und würde diesen steuern. Es war wie ein Instinkt. Sein Körper reagierte prompt und konterte jeden Angriff. Die Männer ergriffen geschockt die Flucht, während Rick dem obdachlosen Mann aufhalf. Dieser war nicht schwer verletzt, jedenfalls nicht körperlich. Seine seelischen Verletzungen waren dafür umso schlimmer und tiefer. Sicher hatte er in seinem Leben viele Rückschläge erlitten. Niemand hatte ihm je geholfen oder ihn gar verteidigt. Die Schläge, der Hohn, das war er alles mittlerweile gewohnt. Er glaubte schon längst nicht mehr an Wunder und das Gute im Menschen. Doch plötzlich stand dieser junge Mann vor ihm, für ihn ein strahlender Held. Rick war dagegen entsetzt über den Hass, der diesen Menschen

entgegengebracht wurde. Immer mehr Obdachlose umringten ihn und bedankten sich bei ihm. Überfordert von der Situation entfernte sich Rick. Immer wieder ging er in Gedanken das Geschehene durch. Die drei Männer hatten ihn angegriffen und sein Körper reagierte wie von allein und
wehrte alle Angriffe ab.

Als er so gedankenverloren den Hafen entlanglief, entdeckte er ein Schild vor sich. „Große Eröffnung: Hoch hinaus, Lieferservice". Darunter stand: Pilot gesucht für
Frachtlieferungen. Das Schild machte ihn neugierig und er
überlegte, ob es nicht gut wäre, wenn er einen Job hätte.
Er stand noch ein paar Minuten vor dem Schild, dann ging
er nach Hause und legte sich ins Bett. Diesmal schlief er
tief und fest bis zum nächsten Morgen.

Kapitel 3: Der Tod kommt unerwartet

Tom durchsuchte in seinem Büro alte Unterlagen und Dokumente. Er fand schließlich, wonach er gesucht hatte. Es war eine Akte, auf der „Operation Eisnacht" stand. Er durchblätterte die Akte, bis er einen kleinen Zettel fand. Er begann zu zittern. Schlagartig wurde ihm klar, dass seine größte Angst Wirklichkeit geworden war. In diesem Moment kam Rick in die Werkstatt. Rasch steckte Tom die Akte wieder zurück in den Schrank und verschloss ihn.

„Rick, da bist du ja! Alles in Ordnung bei dir?", fragte Tom.

Rick setzte sich und atmete erst einmal tief durch. Er war immer noch etwas durcheinander wegen der vergangenen Geschehnisse. Dann fasste er den Entschluss, Tom alles zu erzählen: „Ich muss dir etwas erzählen, Tom. Aber du musst mir versprechen, dass du kein Wort darüber meiner Mutter sagst!"

Tom sah ihn an und antwortete: „Ich verspreche es dir."

Rick fuhr daraufhin fort: „Ich habe seit einigen Tagen seltsame Träume. Erst hielt ich es nur für einfache

Alpträume, aber ich glaube, es sind Erinnerungen". Er berichtete Tom, der ihm gespannt zuhörte, von jedem Detail, an das er sich erinnern konnte.

„Hast du eine Ahnung, worum es bei Auftrag 09 gehen könnte? Oder wer die falsche Königin ist?", fragte Tom.

Rick sah ihn bedrückt an. „Leider nein, ich weiß nicht, was das alles zu bedeuten hat", antwortete er.

Tom legte seine Hand auf Ricks Schulter und sagte: „Wir werden das schaffen, Rick, wir finden heraus, was dahintersteckt. Ich verspreche dir, ich werde alles tun, was in meiner Macht liegt, um dir dabei zu helfen."

Rick war froh, dass Tom ihn unterstützte. „Tom, ich muss dir noch etwas erzählen, es ist vorhin etwas Seltsames am Hafen vorgefallen. Da war dieser Mann, der von diesen Typen angegriffen wurde. Ich bin ihm zur Hilfe geeilt und dann sind diese Typen auf mich losgegangen", berichtete Rick, während Tom weiter zuhörte. Rick fuhr fort: „Ich war plötzlich wie ferngesteuert, jeden ihrer Schläge habe ich geblockt. Sie hatten nicht den Hauch einer Chance gegen mich und ich weiß beim besten Willen nicht, wie ich das gemacht habe".

Tom machte sich direkt Sorgen, ob Rick beim Kampf verletzt wurde. Er betrachtete dessen Körper, doch es war nichts zu erkennen. Keine Blutergüsse, blauen Flecke oder sonstige Wunden. Rick erklärte ihm, dass er sich wie in einem fremden Körper fühlte. Tom merkte, dass Rick der Zwischenfall sehr nahe ging und er wegen der Ungewissheit am Zweifeln war. Aber da war noch etwas anderes, etwas, dass Ricks Gedanken fast vollständig einnahm und ihn zum Lächeln brachte. Tatsächlich erzählte Rick ihm daraufhin von der Bekanntschaft mit der unbekannten jungen Frau.

„Sie war unglaublich, Tom. Ich war wie verzaubert gewesen", schwärmte Rick über die Begegnung.

Tom freute sich für ihn. „Du solltest dir mehr Zeit für positive Dinge nehmen, das würde dir guttun. Nur so kannst du deine Erinnerungen zurückerlangen, all die negativen Einflüsse von außen blockieren das nur" ermahnte ihn Tom. Rick stimmte ihm zu und nahm sich vor, zukünftig auch mehr Zeit mit seiner Mutter zu verbringen. Die nächsten Tage wollte er direkt diese Vorsätze umsetzen und sich auf andere, fröhlichere Dinge konzentrieren.

So verging die Woche wie im Flug. Rick war öfters mit seiner Mutter in der Stadt unterwegs gewesen und sie verbrachten viel Zeit gemeinsam. Es war wichtig, Zeit mit ihr zu verbringen, um so vielleicht den Erinnerungsprozess zu beschleunigen. Aber auch mit Tom verbrachte er viel Zeit. Sie wollten die mysteriösen Fähigkeiten, die Rick zu haben schien, näher untersuchen. Noch war es unklar, was diese zu bedeuten hatten, geschweige denn woher Rick sie hatte. Mittlerweile war es Freitag und Rick machte sich auf den Weg zum Museum. Er wollte endlich Toms Kontaktmann treffen. Das Museum war sehr zentral gelegen. Es war ein modernes Gebäude. Am Eingang löste Rick am Ticketschalter eine Eintrittskarte und betrat dann das Gebäude, das erst vier Jahre zuvor erbaut worden war. Das Museum erstreckte sich über mehrere Etagen. Rick befragte mehrere Besucher nach der gesuchten Person namens Phil, aber niemand konnte ihm helfen. Schließlich fragte er einen Wachmann. Dieser kannte Phil und sagte auch, dass dieser tatsächlich jeden Freitag im Museum sei. Er verwies Rick auf eine neue Ausstellung im 2. Stockwerk, die sogenannte „Mitternachts-Ausstellung". Diese sorgte noch vor ihrer Eröffnung für reichlich Gesprächsstoff und Kritik.

Schließlich galt die sogenannte Mitternachts-Mythologie als wissenschaftlich nicht erwiesen und war unter Experten als reine Fantasie und Verschwörungstheorie verschrien. Rick hatte vor Kurzem darüber in der Zeitung gelesen, aber er wusste nichts Genaueres. Die Ausstellung enthielt mehrere Dokumente, Steintafeln und weitere Fundstücke aus verschiedenen Ländern und Epochen. Jedoch sprachen sie alle von einem mysteriösen spirituellen Ort. Egal um welche Sprache es sich handelte, übersetzt redeten alle von einem Ort namens „Mitternacht". Eine alte ägyptische Steintafel berichtete davon, ebenso wie ein in Skandinavien gefundener Wikingerschild. Die meisten Wissenschaftler hielten diese Funde entweder für Fälschungen oder gar für reinen Zufall. Der Vorstand des Museums sprach sich ebenfalls gegen die Ausstellung aus, jedoch setzte sich letztendlich der Einfluss von Charles Cunnings durch, der einen Großteil des Museums finanziert und gefördert hatte. Cunnings interessierte sich sehr für die Mitternachts-Artefakte. Vor einer der drei Vitrinen stand ein Mann, etwa 40 Jahre alt, schlanke Statur. Er sah hoch konzentriert aus, vor allem schien er aber fasziniert von den Fundstücken zu sein.

Rick näherte sich ihm ruhig. „Mr. Travis? Ich bin Rick Sky, ich bin ein Freund von Tom Robertson. Ich hätte ein paar Fragen an Sie, vielleicht könnten Sie mir weiterhelfen."

Travis drehte sich um und musterte Rick von Kopf bis Fuß. Dann fing er an zu grinsen. „Verschwinde, Kleiner", sagte er und wandte sich wieder den Vitrinen zu.

Rick war für ein paar Sekunden starr, dann fasste er sich wieder. Er packte Travis am Arm und drückte ihm einen Teil des Sprengsatzes in seine Hände.

Phil wurde nervös. „Woher hast du das?", fragte er alarmiert und blickte Rick verwirrt an.

„Es befand sich in einem Flugzeug, mit dem ich hier vor einer Woche ankam", antwortete Rick, während er Phil ernst ansah. „Jemand hat versucht, mich zu töten. Seit dem Absturz weiß ich nicht, wer ich bin", fuhr Rick fort.

Phil wurde neugierig. „Und dieser Sprengsatz befand sich an Bord der Maschine?"

Rick erklärte ihm, was alles passiert war und dass er seitdem keine Erinnerungen mehr an die Zeit vor der Explosion hatte. Phil zögerte erst, dann aber versprach er,

Rick zu helfen. Allerdings war ihm das Museum zu öffentlich. Sie wollten sich drei Stunden später am Hafen treffen.

Nach diesem Gespräch ging Rick sofort zur Werkstatt von Tom, um ihm die neuesten Vorgänge mitzuteilen. Tom freute sich über die Neuigkeiten, warnte Rick aber auch vor dem Treffen mit Phil. Er solle vorsichtig sein und nichts Unüberlegtes tun. Rick verstand Toms Unbehagen und schätzte es auch, dass er sich Sorgen um ihn machte. Rick hingegen war bereit, jegliches Risiko einzugehen, um herauszufinden, was passiert war. Er würde alles dafür tun, endlich seine Erinnerungen zurückzubekommen. Tom wollte Rick unbedingt zu dem Treffen begleiten, aber Rick war der Meinung, er müsste allein gehen. Schließlich gab Tom nach.

Um 16:00 Uhr traf Rick am Hafen ein. Er hatte noch eine halbe Stunde Zeit bis zu dem Treffen. Er war nervös, aber wollte auch endlich mehr über seine Vergangenheit erfahren und die mysteriösen Umstände seines Absturzes. Die Zeit verging und niemand tauchte am vereinbarten Treffpunkt auf. Rick wurde ungeduldig und fragte sich, ob Travis ihn versetzt oder gar angelogen hatte. Nach weiteren zwanzig Minuten beschloss er, zu Toms Werkstatt zurückzugehen. Dann bemerkte er jedoch mehrere Meter vor sich eine große Ansammlung von Menschen, die aufgeregt hin und her liefen. Plötzlich traf die Polizei ein und drängte die Menschenmasse zurück. Die Küstenwache war ebenfalls mit einem Boot vor Ort. Als Rick näher kam, sah er, wie die Polizisten eine Leiche aus dem Wasser zogen. Er versuchte, näher heranzukommen, aber Beamte hielten ihn zurück. Doch er konnte einen kurzen Blick auf die Leiche werfen und erkannte, dass es sich dabei um Phil Travis handelte.

Zu dieser Zeit befand sich Tom in seiner Werkstatt und bekam von den Vorkommnissen nichts mit. Er saß an seinem Bürotisch, auf dem der kleine Zettel lag, den er zuvor aus einer Akte geholt hatte. Er blickte minutenlang auf das kleine Papier, auf dem sich nur eine Telefonnummer befand. Tom überlegte, ob er die Nummer wählen oder den Zettel vernichten sollte. Würde er anrufen, gäbe es kein Zurück mehr. Schließlich sah er keine andere Möglichkeit mehr. Er nahm das Telefon, tippte die Nummer ein und wartete. Nach kurzer Zeit nahm ein Mann auf der anderen Seite ab.

„Autorisierungscode?", fragte er vom anderen Ende der Leitung.

Tom antwortete mit zittriger Stimme: „Eisnacht."

Nach kurzer Stille hörte er ein leises Klicken in der Leitung und eine Stimme antwortete: „Treffpunkt 0200 am Hafen, Lagerhalle 18." Dann wurde das Gespräch beendet.

Tom legte den Telefonhörer wieder auf, nahm ein Feuerzeug aus einer der zwei Schubladen des Tisches und entzündete die Akte sowie den Notizzettel. Die brennenden Dokumente warf er in den kleinen Papierkorb aus Metall neben dem Schreibtisch. Als die Unterlagen verbrannt waren, löschte er die Flamme mit einem Glas Wasser. Anschließend ging er in seine Wohnung, die sich neben der Werkstatt befand.

Dort wartete bereits Ann auf ihn, die zurzeit noch bei ihm wohnte. Sie saß auf dem Sofa und sah fern, als Tom das Wohnzimmer betrat. Sie blickte gespannt auf den Bildschirm und wandte sich nicht davon ab, auch als Tom sie ansprach.

„Sieh dir das an, Tom, sie haben am Hafen eine Leiche im Wasser gefunden. Sie berichten schon die ganze Zeit über nichts anderes."

Tom machte sich sofort Sorgen, da er ja wusste, dass Rick sich gerade dort aufhielt und sich mit Phil Travis treffen wollte. Er nahm bereits das Schlimmste an, als plötzlich Rick durch die Haustür kam. Ann rannte sofort zu ihm und nahm ihren Sohn in den Arm. Nach den letzten Wochen machte sie sich große Sorgen um ihn, schließlich hatte sie ihn schon einmal verloren.

Rick konnte sie beruhigen, doch er selbst war auch aufgewühlt, versuchte aber, seine Gefühle vor seiner Mutter zu verbergen. Während Ann in den Garten des Hauses ging, unterhielten sich Rick und Tom.

„Phil wurde ermordet. Da bin ich mir ganz sicher", sagte Rick.

„Das wissen wir noch nicht, Rick", antwortete Tom und schlug die Hände über dem Kopf zusammen.

Rick war aufgebracht: „Ich weiß nicht, was wir noch tun können. Immer wenn wir denken, wir kommen der Wahrheit näher, werden wir wieder zurückgeworfen. Dieser Mann wollte mir helfen und jetzt ist er tot! Ich weiß nicht, was wir noch tun sollen", beklagte Rick.

„Ich werde mich mit Wesley unterhalten. Er kann mir bestimmt sagen, was die Todesursache war", antwortete Tom.

Rick war sich jedoch sicher, dass Travis ermordet worden war. Er war fest davon überzeugt, dass eine Verschwörung im Gange war. Jemand wollte verhindern, dass er die Wahrheit herausfand. Rick fiel erschöpft auf das Sofa. Der Druck wurde ihm zu viel, er wusste nicht mehr weiter.

Tom setzte sich neben ihn: „Es wird alles gut. Wir dürfen jetzt nicht aufgeben". Er versuchte, Rick wieder aufzubauen, aber er konnte seine eigene Unsicherheit und das wachsende Unbehagen nicht verbergen. Als es Nacht wurde, verließ Tom sein Haus und ging zum Hafenviertel. Der Hafen war völlig menschenleer. Tom wartete vor der Lagerhalle Nr. 18. Es war gerade 02:00 Uhr, als ein Mann sich näherte.

„Tom, ich hätte nicht gedacht, dass du anrufst. Ich freue

mich zwar, dich zu sehen, aber die Umstände hätten besser sein können." Der Mann schlug ihm sanft auf die Schulter.

„Ich wünschte auch, die Umstände wären anders. Aber ich habe keinen Zweifel, dass das Syndikat hier in Haven Port ist. Darum habe ich den Code Eisnacht aktiviert. Wir müssen den Jungen von hier wegschaffen, er und seine Mutter sind in größter Gefahr. Phil Travis wurde bereits ermordet." Tom war aufgebracht.

Der unbekannte Mann versuchte ihn zu beruhigen „Wir haben schon von Travis' Tod gehört. Er wurde tatsächlich ermordet. Offiziell wird es zwar heißen Raubmord, aber in Wahrheit war es ein Auftragsmord. Er wurde vergiftet. Bei dem Gift handelt es sich um eine unbekannte Substanz. Wir können nicht sagen, woher es kommt und ob es ein Gegengift gibt. Fest steht, dass es sich rapide in Travis' Körper ausgebreitet hatte und ihn qualvoll getötet haben muss. Was deinen Vorschlag angeht: Da muss ich dich enttäuschen. Wir können nichts für Ann und ihren Sohn tun. Der Junge birgt ein Risiko und ich fürchte, er ist nicht der, der er vorgibt, zu sein."

Tom war geschockt. Er erhoffte sich Hilfe, doch wie es

schien, war Rick völlig auf sich allein gestellt. Umso mehr war er bereit, ihm zu helfen. Der Junge hatte sonst niemanden. Der Mann ging wieder und Tom konnte es nicht fassen, dass die Gefahr nicht ernst genommen wurde. Ein schwarzer Mercedes mit getönten Scheiben kam angefahren, in den der Mann einstieg. Der Wagen fuhr fort und Tom stand allein vor der Lagerhalle. Er überlegte, wie es weitergehen sollte und was er tun konnte, um Rick zu helfen.

Kapitel 4: Wendungen

Am nächsten Morgen hatte Ann einen Entschluss gefasst. Sie wollte sich nicht unterkriegen lassen und beschloss, wieder zurück in ihr Haus zu ziehen. Außerdem wollte sie ihren Sohn auf andere Gedanken bringen und ihn von den letzten Wochen ablenken. Darum gingen sie gemeinsam in der Innenstadt einkaufen, um etwas Alltag einkehren zu lassen. Rick tat die Zeit mit seiner Mutter gut. Er blühte etwas auf und freute sich über das gemeinsame Shoppen. Für kurze Zeit war all das Drama und die Ungewissheit vergessen. Doch ehe sie sich versahen, holte sie die Realität wieder ein.

Gerade als sie das Einkaufszentrum verließen, wurden sie schon von mehreren Fotografen und Journalisten empfangen. Sie stürmten alle auf Rick zu und wollten von ihm Informationen und Details über den Flugzeugabsturz erfahren. Rick musste im Blitzlichtgewitter zurückweichen, er konnte fast nichts mehr sehen. Trotzdem stellte er sich schützend vor seine Mutter.

Einer der Paparazzi kam ihm so nahe, dass dieser ihm

ins Ohr flüstern konnte: „Wie konntest du so eine Explosion ohne einen einzigen Kratzer überleben, du Freak?"

Ricks Emotionen kochten hoch. Rasend vor Wut packte er den Fotografen mit einer Hand am Hals und drückte zu. Die Menschenmenge löste sich auf. Alle schreckten zurück, während Rick den Mann zu Boden riss und ihm weiter die Kehle zudrückte. Ricks Gesicht hatte sich in eine kalte, seelenlose Maske verwandelt. Sein Blick war eiskalt wie der eines Mörders. Ann war schockiert über diesen Anblick und die brutale Reaktion ihres Sohnes. In diesem Moment war er nicht mehr ihr Sohn, es schien, als wäre er jemand anderes.

„Rick, hör auf!", schrie Ann ihren Sohn an.

Rick kam zu sich. Sofort ließ er den Mann los und wich mehrere Schritte zurück. Am Boden vor ihm lag der Fotograf, der um Luft ringen musste und kaum zu Atem kam. Sein Gesicht hatte sich bereits blau verfärbt. Er stand kurz vor einem Ohnmachtsanfall. Rick konnte nicht fassen, was geschehen war. Er hatte die Kontrolle verloren.

Seine Mutter packte ihn am Arm und zog ihn mit sich.

Fluchtartig verließen sie die Passage. Ann drehte sich immer wieder um, ob ihnen jemand folgte, aber niemand war zu sehen. Rick stand völlig neben sich. Er konnte sich nicht erklären, wie er derart die Fassung verlieren konnte. Es war wie bei dem Zwischenfall am Hafen mit den Männern, die den Obdachlosen angegriffen hatten. Er reagierte wie ferngesteuert.

Ann war erleichtert, als sie endlich ohne weiteren Zwischenfall zu Hause ankamen. Sie rief sofort Tom an, um ihn über den Zwischenfall zu informieren. Dieser machte sich umgehend auf den Weg. Gerade als Ann durchatmete und sich etwas beruhigt hatte, klingelte es an der Tür.

Davor stand Detective Wesley mit zwei Beamten. „Dürfen wir reinkommen, Ann?" Während dieser Worte bahnte sich Wesley bereits den Weg ins Innere des Hauses. Anns Antwort war ihm letztendlich egal gewesen. Zielsicher ging er auf Rick zu, der noch auf dem Sofa saß. „Wir hätten da ein paar Fragen an dich, Junge."

Rick schaute auf und blickte in das Gesicht von Wesley. Er konnte regelrecht Wesleys Abneigung ihm gegenüber fühlen. Sie war so deutlich spürbar, dass er sie fast hätte greifen können. Im tiefsten Inneren wusste Rick, dass Wesley kein guter Mensch war und dieser mehr über ihn wusste, als er hätte zugeben wollen. Rick hatte jedoch keinen Antrieb, sich dem Detective zu widersetzen. Er war zu niedergeschlagen und frustriert. Ann protestierte, doch die Beamten hielten sie zurück.

Wesley würdigte sie keines Blickes. „Na los, komm mit zum Revier. Du bist vorläufig verhaftet, da eine Anzeige wegen schwerer Körperverletzung vorliegt. Versuchter Mord kommt vielleicht auch noch dazu."

Gerade als er Rick am Arm packte, betrat ein unbekannter Mann das Haus. „Nehmen Sie Ihre Hände von ihm, Wesley." Der Mann trat an den zwei überraschten Beamten vorbei und ging auf Wesley zu.

Ann strahlte vor Freude über den unerwarteten Besuch. „John! Du bist gekommen!", rief sie freudig.

Der Unbekannte war Anns erstgeborener Sohn John.

„Ich bin John Sky, Special Agent der World Security Agency. Mein Bruder steht hiermit unter Schutzhaft der Agency."

Während Wesley nach den passenden Worten suchte und dabei wie ein überfordertes Kleinkind aussah, drückte ihm John die Anordnung des obersten Direktors der WSA in die Hände. „Auf Anordnung des Direktors habe ich hiermit die Sicherungsgewährung über Rick Sky. Sie haben unverzüglich Folge zu leisten und ihn gehen zu lassen. Die Untersuchungen über den Vorfall und die Gewalt über meinen Bruder obliegt nun der WSA." John stellte sich schützend vor seinen kleinen Bruder und machte Wesley gegenüber seine Position deutlich. „Sie verlassen jetzt unverzüglich das Haus meiner Mutter oder Sie müssen mit Konsequenzen rechnen."

Angewidert und geschlagen musste Wesley den Rückzug antreten. Er verlor nicht gerne, aber er wusste, dass er im Moment machtlos war. Die Polizisten verließen das Haus. Während sie gingen, kam ihnen Tom atemlos entgegen, der so schnell es ging gerannt war. Wortlos ging Wesley an ihm vorüber. Tom merkte sofort, dass dieser verärgert war und wohl eine Niederlage einstecken musste.

Ann nahm ihren ältesten Sohn freudestrahlend in den Arm, sie hatten sich schon zu lange nicht mehr gesehen.

„Gott sei Dank bist du gekommen, John!" Sie musste ein paar Tränen unterdrücken, während ihr Sohn sie in den Armen hielt.

Rick sah ihn musternd an. Er wusste von Erzählungen und Bildern, dass der Mann vor ihm sein großer Bruder war. Doch für ihn war er nur ein Fremder, er hatte keinerlei Erinnerungen an ihn. John hatte ihm gerade geholfen und er konnte sich nicht einmal an ihn erinnern. John ließ seine Mutter los, schenkte ihr ein kurzes Lächeln und ging dann zu seinem Bruder. „Tja kleiner Bruder, ich wünschte wirklich unser Wiedersehen hätte anders stattgefunden. Es ist wirklich schön, dass du noch lebst, aber leider hast du dich in ziemlichen Ärger verstrickt und wir müssen unsere Wiedersehensfreude verschieben."

Rick nickte ihm zustimmend zu. Er war froh, endlich seinen Bruder kennenzulernen. Ann hatte John direkt nach dem Absturz angerufen und ihn über Ricks Auferstehung von den Toten informiert. Die letzten Wochen hatte John damit verbracht, über den Flugzeugabsturz und die näheren Umstände Nachforschungen anzustellen. Er hatte vertrauliche Informationen, die er nun Ann, Tom und Rick

mitteilte. Wie die Nachforschungen ergaben, war eine ter-
roristische Organisation, genannt „Das Syndikat", für den
Absturz verantwortlich. Diese hatte vor Jahren eine Unter-
abteilung der WSA unterwandert, den Geheimdienst Sektion Alpha. Zu deren Mitgliedern einst auch Tom zählte.
Dieser brach endlich sein Schweigen. Er erzählte von seinem Treffen am Hafen mit einem Verbindungsmann der
WSA und der Aktivierung des Eis-Nacht-Protokolls. John
wusste bereits Bescheid. Die WSA hatte zwar ihre Unterstützung verweigert, jedoch hatte der Direktor John gestattet, sich persönlich darum zu kümmern. Wegen des Zwi-
schenfalls in der Einkaufsmeile hatte die WSA ihre einma-
lige Unterstützung zugesagt. Der Reporter wurde dazu ge-
drängt, die Anzeige fallen zu lassen, und mehrere Menschen wurden zur Verschwiegenheit verpflichtet. Der Absturz galt nun offiziell als technischer Defekt und damit
wurde jegliche Verbindung zu Rick gekappt und vertuscht.
John hatte seinem Vorgesetzten versprochen, dass die An-
gelegenheit damit beendet sei und keine weiteren Nachforschungen mehr betrieben werden würden.

Rick wollte allerdings nicht aufgeben, genauso wenig

wie John und Tom. John versicherte, dass sie gemeinsam weiter nachforschen würden. Durch den WSA-Deal hatten sie jetzt erst mal eine Verschnaufpause, da die Öffentlichkeit nicht mehr an Rick interessiert war und sie so in Ruhe weitere Nachforschungen anstellen konnten. John besaß noch einige Informationen für Rick. Zwei ehemalige Agenten der WSA wurden im Januar ermordet. Alle waren früher Teil der Sektion Alpha gewesen. Soweit John wusste, wickelte das Syndikat wohl weltweit illegale Waffendeals ab. Laut geheimen Informationen lag der Umschlagplatz dafür wohl im Hafen von Haven Port. Rick erfuhr auch, dass das Syndikat schon mehrere Jahre operierte und dass sie Anfang der 80er-Jahre den sogenannten Sansa-Staat gegründet hatten. Nähere Informationen über den Sansa-Staat konnte John aber nicht liefern. 1983 wurde der Konflikt jedoch beendet. Es gab kaum Informationen über die näheren Umstände, es war alles topsecret.

Mit diesen neuen Informationen ließ er Rick zurück, denn er musste zurück nach New York zur Zentrale. John versprach, ständig in Kontakt zu bleiben und dass sie die neuesten Informationen austauschen würden.

Es vergingen ein paar Tage, seitdem John wieder zurück nach New York gereist war. Rick versuchte seiner Mutter zuliebe, einen normalen geregelten Alltag einkehren zu lassen. Doch seine Mission ließ er nicht aus den Augen. Regelmäßig ging er zu den Docks, um sich dort umzusehen, herauszufinden, was dort vor sich ging und ob er etwas Auffälliges entdecken könnte. Tagein, tagaus ging er den Hafen entlang. Er erkannte sogleich, dass CI den kompletten Hafen kontrollierte. Die Lagerhäuser wurden streng bewacht. Es gab so gut wie keine Möglichkeit, in das Sperrgebiet zu gelangen, es sei denn, er würde für CI arbeiten oder Geschäfte mit dem Konzern tätigen. Kaum näherte er sich dem Zaun, kamen schon Wachmänner auf ihn zu. Rick trat daher lieber erst einmal den Rückzug an. Dann entdeckte er plötzlich die Firma, von der er vor Kurzem das Schild gesehen hatte. Es war ein altes, heruntergekommenes kleines Bürogebäude. Früher war es wohl eine andere Firma gewesen, aber als der Ruin des Hafenviertels einsetzte, ging wohl auch dieses Geschäft den Bach hinunter. Nun befand sich in dem Gebäude die Lieferfirma „Hoch Hinaus". Vor dem Haus brachte eine junge Frau gerade ein paar Schilder an. Es handelte sich dabei wohl um die

Eigentümerin. Als Rick näher kam, erkannte er sofort, wer da vor ihm stand. Es war die junge Frau - Rebecca, die er neulich Nacht in der Innenstadt getroffen hatte. Sofort zog sie ihn mit ihrer Ausstrahlung wieder in ihren Bann. „Rebecca!"

Erschrocken drehte sie sich um. Als sie erkannte, wer sie da erschreckt hatte, fing sie an zu lächeln. „Ich schätze, damit sind wir quitt", sagte sie und freute sich sichtlich, ihn wiederzusehen. Die letzten Tage hatte sie es jedenfalls immer wieder gehofft. Rebecca war erst vor wenigen Wochen 18 geworden, allerdings war sie für ihr Alter reifer als andere Mädchen in demselben Alter. Sie hatte sich gerade selbstständig gemacht und wollte endlich unabhängig von ihrem machthungrigen reichen Vater sein. Jeder gab das Hafenviertel auf, niemand wollte mit Cunnings Industries in Konkurrenz treten. Doch dieses junge 18-jährige Mädchen tat es. Sie trotzte der Konkurrenz und machte am anderen Ende der Bucht genau gegenüber dem Wolkenkratzer von Charles Cunnings ihre Firma auf, als wollte sie sagen, schau her, hier bin ich, ich habe keine Angst vor euch. Das einzige Problem war allerdings, dass sie einen Piloten brauchte, der die Lieferungen erledigte. Jedoch wollte keiner freiwillig diesen Job übernehmen, da alle die Luftpiraten fürchteten. Rick wollte ihr unbedingt helfen, außerdem dachte er, dass ein Job nicht schaden könnte. Dann kam ihm eine Idee. Sein Flugzeug, mit dem er nach Haven Port gekommen war und das sich in Toms Werkstatt befand, war zum größten Teil wieder repariert worden. Er könnte Tom bestimmt bitten, es wieder flugbereit zu machen. Durch den Job würde er auch Zugang zum Lagerhallenbereich des Hafens erhalten. So könnte er seine Nachforschungen weiter vorantreiben.

„Ich habe gesehen, du suchst einen Piloten? Nun. Ich habe einen Flugschein und besitze ein Flugzeug, außerdem fürchte ich mich nicht vor irgendwelchen Piraten."

Rebecca begann freudig zu strahlen. Sie hätte nicht erwartet, in so kurzer Zeit einen Piloten zu finden. Sie wollte die Hoffnung schon aufgeben. Ausgerechnet der unbekannte junge Mann, den sie vor ein paar Tagen traf und der ihr den Kopf verdreht hatte, war jetzt ihre Rettung.

Tom war zuerst nicht von dem Plan begeistert, da er dachte, Rick könnte aufgrund seiner Amnesie

Schwierigkeiten mit dem Flugzeug haben. Das kleinste Problem war die Reparatur. Nach nur zwei Wochen war die Maschine wieder flugfähig und voll einsatzbereit. Zusammen mit Tom unternahm Rick einen Testflug und tatsächlich beherrschte er die Maschine noch. Trotz der Amnesie hatte er nichts verlernt. Tom bot sich Rebecca als Unterstützung für die Wartung der Maschine und als persönlicher Mechaniker an. Mit seinem technischen Verständnis konnte er ihr bei verschiedenen Aufgaben unter die Arme greifen. Rebecca freute sich über diese Unterstützung, denn sie konnte jede Hilfe gebrauchen. Das Lagerhaus Nr. 7 gehörte zu „Hoch Hinaus". Rick hatte nun Zugang in den abgesicherten Bereich. Es gab insgesamt 25 Lagerhallen und fast alle davon gehörten zu Cunnings Industries. Am Eingang des Lagerhallenbezirks gab es einen Lageplan, wo sich welche Lagerhalle befand und zu welchem Unternehmen sie gehörte. Bei vier Lagerhallen handelte es sich um privat genutzte Einheiten. Jedenfalls wurde kein Firmenname angegeben. Rick war sich sicher, dass er durch den Lagerhallenbezirk an neue Informationen kommen konnte.

Kapitel 5: Gefährliche Begegnung

Rick wollte sich die nächsten Nächte näher bei den Lagerhallen umschauen, doch zuerst wartete sein erster Lieferauftrag auf ihn. Er musste Ersatzteile zu einer Bohrinsel auf hoher See bringen. Diese lag unglücklicherweise direkt in einem der Gebiete, in dem es häufiger zu Überfällen und Angriffen der Luftpiraten kam. Die Station war zwar gut gesichert und bewaffnet, allerdings war der Weg dorthin ungeschützt und daher sehr gefährlich. Tom baute zur Sicherheit ein paar Verbesserungen in das Flugzeug ein. Darunter einen stärkeren Motor mit einer Spezialfunktion zur kurzzeitigen Leistungserhöhung. Zudem baute er ihm einen Rauchgastank an der unteren Seite des Flugzeugs ein. Mit diesem konnte er im Ernstfall ein Ablenkungsmanöver starten. Zuerst war Rick vor seinem ersten Flug seit dem Absturz nervös, doch sobald er im Cockpit saß, waren alle Sorgen verflogen. Die Maschine startete auf Anhieb und alle Systeme waren bereit. Rick brachte die Maschine in Bewegung. Der Motor lief dank Toms technischen Kenntnissen auf Hochtouren. Kurz nach dem Start war die Maschine bereits in der Luft. Rick hielt kurzen Funkkontakt mit

Tom, um ihm zu versichern, dass alles glattlief, bevor er auch schon durch die Öffnung der Klippen Haven Port verließ und hinaus ins offene Meer flog. Das Fliegen war für Rick befreiend, er fühlte sich als würden alle seine Probleme am Boden bleiben. Er war voll und ganz in seinem Element. Der erste Auftrag verlief ohne jegliche Zwischenfälle. Er lieferte das Paket pünktlich zum vereinbarten Termin auf der Bohrinsel ab. Die Verantwortlichen waren derart zufrieden, dass sie sofort einen Dauerauftrag zwischen „Hoch Hinaus" und ihrer Gesellschaft vereinbarten, auch wenn sie die Reaktion von CI fürchteten. Cunnings setzte schon seit Monaten die Verantwortlichen unter Druck. Doch diese blieben bisher standhaft und wollten sich nicht kaufen lassen. Für Hoch Hinaus war dies ein erster Erfolg. Dadurch kamen die ersten Einnahmen in das Geschäft und aufgrund der positiven Resonanz sprach sich der Lieferdienst rasch herum, sodass schon bald mehrere Aufträge eingingen. Hauptsächlich flog Rick Lieferungen hinaus aufs Meer zu Frachtern, Bohrinseln und Forschungsstationen. Alles Gebiete, die im Piratenterritorium lagen und wohin sich deshalb niemand wagte. Fast vier Wochen lang flog Rick schon im Auftrag für „Hoch Hinaus", ohne dabei je auf

Piraten getroffen zu sein. Dadurch, dass niemand diese Aufträge annehmen wollte, war die Bezahlung enorm hoch. Schnell konnte Rebecca so hohe Gewinne einfahren und immer wieder neue Kunden gewinnen.

Wenn er nicht gerade im Auftrag für „Hoch Hinaus" unterwegs war, sah sich Rick am Hafen um. Eines Tages war er wieder einmal unterwegs und wurde plötzlich angesprochen. Es war der Obdachlose, dem er einst geholfen hatte. Julius Fillby war gerade mal 43 Jahre alt. Vor nicht mal fünf Jahren war er noch ein angesehener Geschäftsmann und führte ein lukratives Unternehmen am Hafen. Doch Cunnings Industries drängte den Konkurrenten erbarmungslos aus dem Geschäft. Doch damit nicht genug: Fillby wurde öffentlich durch den Dreck gezogen und auch privat ruiniert. Er hatte dadurch alles verloren. Er war Rick für seine Hilfe unglaublich dankbar, denn sonst wurden die Obdachlosen von niemandem beachtet. Niemand half ihnen oder würde sich für sie einsetzen. Fillby erzählte Rick von einer Bande, die sich im Hafenviertel herumtrieb: „An den Docks finden täglich illegale Geschäfte statt. Die Typen, die mich angegriffen haben, gehören zu einer Bande, genannt ‚Creeps', die den Hafen kontrollieren", berichtete Julius. Rick hatte also einen weiteren Anhaltspunkt erhalten. Julius fuhr fort: „Vor ein paar Monaten hatte ich einen schwarz gekleideten Mann beobachtet, der das Sperrgebiet betrat. Er hat mir Angst eingejagt, obwohl er mich ignorierte und nicht eines Blickes würdigte. Es schien ihn gar nicht zu stören, dass ich ihn gesehen hatte. Die Creeps, die ihn begleiteten, schienen diesen Mann ebenfalls zu fürchten."

Rick war neugierig und hakte nach: „Hatte dieser Mann irgendetwas Besonderes an sich? Etwas, woran man ihn vielleicht wiedererkennen würde?"

Julius überlegte kurz, dann fiel ihm etwas ein: „Er hatte eine kleine, aber relativ dicke Narbe an der Oberlippe und einer der Creeps hatte ihn Mr. Zero genannt."

Rick notierte sich diese Informationen. Auf Toms Anraten hatte er sich ein kleines Notizbuch beschafft, in dem er alle Informationen notierte. Julius warnte Rick, er solle sich nicht mit diesen Leuten einlassen. Er selbst habe sich einst gewehrt und es bitter bereut. Durch schmutzige Methoden und Kontakte in die höchsten Kreise wurde er finanziell und persönlich ruiniert. Durch die gute Auftragslage von „Hoch

Hinaus" hatte Rick schon einiges verdienen können und konnte Julius deswegen mit 100 Dollar aushelfen. Was Rick zu diesem Zeitpunkt nicht wusste, war, dass er seit einiger Zeit beschattet wurde. Während er sich mit Julius unterhielt, wurden Bildaufnahmen von ihm erstellt. Auf dem Nachhauseweg erreichte ihn eine SMS von Rebecca. Es kam noch kurzfristig ein wichtiger Auftrag rein. Also machte sich Rick auf den Weg zu seinem Flugzeug. Vorher holte er noch die Lieferung Ersatzteile ab, die er nach Sting Island fliegen sollte. Dort befand sich eine Radarstation, die technische Probleme hatte und dringend neue Teile brauchte.

Innerhalb von 25 Minuten erreichte Rick die Insel und konnte die Teile abliefern. Als er sich auf dem Rückweg befand, hatte er ein seltsames Gefühl. Irgendetwas stimmte nicht. Dann erkannte er auch, woran das lag. Hinter ihm flogen in etwa 300 Metern Entfernung drei kleine Propellerflugzeuge. Sie kamen Stück für Stück näher. Rick bemerkte sie sofort und erkannte im Handumdrehen, dass es sich um Piraten handeln musste. Im selben Augenblick bemerkte er ihre Kanonen an den Tragflächen und sah seine Annahme leider bestätigt. Er drückte das Steuer mit aller Kraft nach vorne. Dadurch versetzte er die Maschine in den Sturzflug. Er raste geradewegs aufs Meer zu. Die Verfolger stürzten sich ebenfalls hinterher. Die tiefblaue Wasseroberfläche kam immer näher. Rick umklammerte das Steuer fest mit seinen Händen. Dann schloss er seine Augen. Er wusste, er konnte sich auf seinen Instinkt verlassen. Er würde erkennen, wann er noch rechtzeitig das Steuer herumreißen konnte, ohne ins Meer zu stürzen. Vor seinem inneren Auge sah er die Wasseroberfläche, wie sie näherkam. Dann öffnete er seine Augen, zog das Steuer mit aller Kraft zu sich und riss die Maschine herum. Das Heck streifte noch leicht die Wasseroberfläche und erhob sich dann wieder in die Lüfte. Die Piraten rissen ebenfalls das Steuer zurück, durch ihre kleinen Maschinen konnten sie relativ gut manövrieren. Allerdings schaffte es eine der Maschinen nicht rechtzeitig zu reagieren und stürzte ins Meer. Die anderen zwei Piraten nahmen sofort wieder Ricks Verfolgung auf. Einer weniger, zwei noch übrig, dachte sich Rick. Noch fünf Minuten war Rick von Haven Port und dessen schützenden Wachposten entfernt. Dann eröffneten die Verfolger das Feuer. Die Piraten versuchten die Treibstofftanks zu treffen, um Rick zum Notlanden zu zwingen. Er musste sich umgehend einen weiteren Trick einfallen lassen, um seinen Verfolgern zu entkommen. Dann sah er plötzlich eine Bohrinsel vor sich. Er steuerte sie an und begann den Sinkflug. Er wollte zwischen den Stützpfeilern der Bohrinsel hindurchfliegen. Einer der Piraten nahm die Verfolgung auf, während der andere über die Station hinwegflog. Rick steuerte die Maschine präzise an dem ersten Pfeiler vorbei und flog nun direkt unter der Bohrinsel hindurch. Nachdem sein Verfolger ebenfalls den Pfeiler ohne Kontakt hinter sich ließ, aktivierte Rick den Rauchgastank. Das Gas wurde nach hinten hinausgeblasen und vernebelte seinem Verfolger die Sicht, sodass er nichts mehr sehen konnte. Rick zog sein Steuer nach links und verließ die Bohrinsel wieder. Er stieg rasch hinauf, während der Pirat nichts mehr sehen konnte und deswegen mit einem der Pfeiler kollidierte. Die Maschine explodierte sofort durch den Aufprall. Die Pfeiler waren zum Glück mit einer doppelten Stahlverkleidung geschützt und konnten so die Explosion aushalten, ohne größeren Schaden für die Bohrinsel zu erleiden. Rick hatte nun nur noch einen Verfolger hinter sich. Dieser hatte die Bohrinsel überflogen und griff Rick nun im Sturzflug an. Die Küste war nicht mehr weit entfernt, allerdings flog das feindliche Flugzeug dicht hinter ihm. Durch den von Tom eingebauten Turbo konnte er aber kurzzeitig die Motorenleistung steigern und wieder Raum gewinnen. Er war nun nicht mehr weit von Haven Port entfernt. Die Wachposten der Stadt hatten bereits das Flugzeug des Piraten ins Visier genommen und eröffneten das Feuer. Der Pirat hatte keine andere Möglichkeit, als die Flucht zu ergreifen. Rick hatte es geschafft, er hatte Haven Port sicher erreicht.

Der Pirat nahm während des Rückzugs Kontakt mit seinen Kameraden auf. „Stix und Crumb sind raus. Sie waren unfähig und werden wohl nicht mehr auftauchen. Ich hab's leider auch nicht geschafft, den Jungen zu erwischen. Aber das nächste Mal ist er dran."

An der anderen Leitung antwortete eine helle, krächzende Stimme. „Ob es ein nächstes Mal geben wird, entscheidest aber nicht du! Nolan erwartet dich sofort zurück."

Der Pirat musste schlucken. Er wusste, dass Nolan kein Versagen duldete. Aber ihm blieb nichts anderes übrig, als zurückzufliegen und sich vor ihm zu verantworten.

Rick erreichte derweil den Anlegesteg von „Hoch

Hinaus". Rebecca kam ihm bereits entgegengelaufen, als er aus der Maschine stieg. „Ich habe über Funk von dem Angriff gehört. Rick, geht es dir gut?", fragte sie besorgt.

„Ja, es ist nichts passiert, ich konnte sie abhängen. Du musst dir keine Sorgen machen", antwortete Rick und lächelte.

Rebecca aber war sichtlich beunruhigt und nahm den überraschten Rick in den Arm. Erst war er mit der Situation überfordert, dann aber genoss er ihre Umarmung. Die Nähe zu ihr tat ihm gut. Er spürte förmlich ihre Fürsorge. Dann ließ sie ihn wieder los und lächelte ihn an. Er lächelte zurück.

Im Büro besprachen sie gemeinsam mit Tom die Ereignisse. Rick war etwas Seltsames während des Angriffs aufgefallen. Die Piraten waren urplötzlich aus dem Nichts aufgetaucht. Sie mussten also irgendwo auf ihn gewartet haben. Er glaubte auch nicht an einen Zufall, dass gerade sein Flugzeug angegriffen wurde. Tom hatte, nachdem er von dem Angriff erfahren hatte, die Küstenwache verständigt und über den Vorfall informiert. Diese berichtete davon, dass sie jedes Mal die Spur verlieren würden und das gesamte Gebiet schon mehrfach kontrolliert hatten, aber nie ein Versteck oder Lager der Piraten gefunden hatten. Die Piraten besaßen also ein Versteck, von dem aus sie jederzeit angreifen und dann wieder von der Bildfläche verschwinden konnten. Rebecca hatte zwar geahnt, dass es nicht leicht werden würde, doch sie hatte bislang die Gefahr durch die Piraten immer verdrängt. Nun war sie Realität geworden. Rick versprach ihr, dass nichts passieren würde. Er hätte alles im Griff. Doch insgeheim machte auch er sich Sorgen. Dieses Mal konnte er sie noch abschütteln, aber was, wenn ihm das nicht noch mal gelang? Nachlässig verdrängte er diese Sorge und machte sich auf den Nachhauseweg.

Kapitel 6: Die Creeps

Rick beschloss, sich in der Nacht wieder am Hafen umzusehen. Er wollte nach Mitgliedern der Creeps oder ihren
gesprayten Symbolen Ausschau halten. Die Wachmänner
ließen ihn zwar in das Sperrgebiet, doch von bestimmten
Lagerhallen hielten sie ihn trotzdem fern. Als er so umher-
lief, fiel ihm plötzlich das Logo der Creeps auf. Es war an
eine Wand gesprayt worden. Plötzlich hörte er ein Geräusch und eine Stimme rief ihm zu: „Hey! Was hast du hier
verloren? Das ist unser Revier!"

Rick drehte sich um und sah vier Männer auf ihn zu-
kommen. Es waren Mitglieder der Creeps. Einen von ihnen
erkannte er sofort. Es war derjenige, der Julius zu Boden
geworfen hatte.

„Hey, dich kenn ich doch. Du bist der kleine Pisser von
neulich!" Der Creep lachte dreckig und plusterte sich vor
seinen Freunden auf.

Rick ballte seine Fäuste. Er wusste, dass er es mit den
Typen aufnehmen konnte. Das war nun die Gelegenheit,
einen davon auszuquetschen, um mehr über den Hafen

und die Geschäfte zu erfahren, die dort stattfanden. Die vier umzingelten Rick. Sie lachten selbstsicher und fingen an, ihn zu verspotten. Doch Rick schloss nur seine Augen und konzentrierte sich. Er konnte jeden Einzelnen von ihnen wahrnehmen. Er spürte jeden Atemzug. Dann holte der Erste von ihnen zum Schlag aus. Rick wich diesem nach links aus und packte den Arm des Angreifers. Er drehte sich dabei um die eigene Achse und legte den Arm des Mannes über seine Schulter und riss ihn dann nach unten. Ein lautes Knacken deutete das Brechen der Knochen an.

Der Creep schrie laut auf: „Mein Arm, mein Scheißarm! Dieser Wichser hat mir den Scheißarm gebrochen.“

Die anderen drei waren geschockt. Rick sah die Überraschung in ihren Gesichtern. Das war seine Chance. Er hechtete auf den nächsten Creep zu und rammte ihm das Knie in den Magen. Dieser keuchte auf. Rick ließ ihm keine Zeit und schlug ihm seine Faust ins Gesicht. Auch dieser Creep ging zu Boden. Zwei waren noch übrig. Der eine schrie Rick an und stürmte auf ihn zu, während der andere lieber das Weite suchte. Der Creep schlug mit beiden Fäusten auf Rick ein. Rick hatte keine Probleme, die Schläge zu parieren, da der Angreifer nur ziellos und unkoordiniert auf ihn einprügelte. Als der Creep schwerfälliger wurde und kurz innehielt, stürmte Rick nach vorne und schlug ihm direkt gegen das Kinn. Den Creep hob es beinahe aus seinen Schuhen. Zwei waren bewusstlos, während der Creep mit dem gebrochenen Arm auf dem Boden saß, seinen Arm hielt und dabei vor Schmerzen brüllte.

Rick packte ihn am Kragen und zog ihn zu sich hoch, damit er ihm direkt ins Gesicht sehen konnte. „Du wirst mir jetzt ein paar Fragen beantworten, Creep, oder ich breche dir den anderen Arm auch noch." Der Creep nickte zustimmend.

„Was weißt du über das Syndikat?"

„Ich kenne kein Syndikat!", schrie der Creep. „Cunnings Industries erlaubt uns, hier am Hafen zu sein. Sie halten die Cops von uns fern. Dafür sollen wir die Leute fernhalten und einschüchtern."

Rick bohrte weiter nach. „Was für Geschäfte hat Cunnings Industries hier am Laufen? Und wer ist Mr. Zero?"

„Ich kenne keinen Mr. Zero, ich schwöre. Frag einen der

Leute von Cunnings Industries. Aber eins kann ich dir verraten, die machen hier Geschäfte mit den Piraten. Die nehmen draußen auf hoher See die Leute aus und verkaufen die Teile an Cunnings Industries. Der Hafen hier ist der Umschlagplatz. Die Polizei wird gekauft und greift daher nicht ein. Und die restlichen neugierigen Leute schüchtern wir ein." Der Creep lachte, trotz der Schmerzen, unter denen er litt.

Rick hatte genug gehört. Er ließ den Mann los und machte sich auf den Nachhauseweg.

Der Creep schrie ihm noch hinterher: „Du kannst dich nirgendwo vor uns verstecken. Wir kriegen dich und machen dich fertig!"

Es war halb drei in der Nacht, als Rick das Haus seiner Mutter betrat. Nachdem er in seinem Bett lag, notierte er sich noch ein paar Dinge, die er durch den Creep erfahren hatte. Cunnings Industries machte also Geschäfte mit den Piraten. Deswegen wurde er wohl auch von diesen angegriffen, dachte er sich. CI will „Hoch Hinaus" aus dem Geschäft drängen, so wie sie es bisher mit jeder Konkurrenz getan hatten. Interessant war auch die Beteiligung der örtlichen Polizei. Diese stand also auf der Gehaltsliste von CI. Das erklärte auch das besondere Interesse von Detective Wesley an Rick. Was ihn noch beschäftigte, war die seltsame Münze, die er nach dem Einbruch im Schlafzimmer seiner Mutter gefunden hatte. Er beschloss, noch einmal das Museum zu besuchen und dort jemanden um Rat zu fragen. Rick schlief seit einer Weile mal wieder sehr friedlich und entspannt.

Am nächsten Morgen machte er sich früh auf den Weg zum Museum. Auf dem Weg dorthin spürte er, dass jemand ihn verfolgte. Er konnte seinen Verfolger zwar nicht sehen, aber er spürte dessen Gegenwart. Rick beschloss daher, den Verfolger abzuhängen, bevor er ins Museum ging. Also bog er in eine Seitenstraße ab und fing an loszurennen. Er bog immer wieder ab und schaffte es schließlich, seinen Schatten loszuwerden. Dann ging er schleunigst ins Museum, ehe der Verfolger ihn wiederfinden konnte. Relativ schnell fand er dort einen Mitarbeiter des Museums, der ihn an einen Geologen verweisen konnte, der sich gerade im Gebäude befand. Rick zeigte diesem die seltsame Münze.

Der Wissenschaftler erklärte, dass es sich bei dem

Material, aus dem die Münze gefertigt wurde, um eine Art von Obsidian, vulkanisches Gesteinsglas, handelte. Allerdings fiel auch ihm die elektrische Ladung auf, die von der Münze ausgestrahlt wurde. Dazu konnte er aber nichts sagen, im Gegensatz zu dem eingravierten Namen. „Emilio Milan war ein Wissenschaftler im 15. Jahrhundert. Er galt seiner Zeit weit voraus und unter seinen Anhängern wurde er gar als Prophet verehrt. Angeblich habe er einige bahnbrechende Erfindungen gemacht und sei dem digitalen Zeitalter weit voraus gewesen. Er hätte einmal gesagt, dass seine Erfindungen Gott erkennen lassen würden. Deswegen wurde er von der Kirche verfolgt und seine Aufzeichnungen zerstört. Angeblich gab es 21 Tagebücher, die das gesamte Wissen Milans beinhalteten. Heute gibt es immer noch Leute, die an die Existenz dieser Bücher und die sogenannten Milan- Artefakte glauben. Ich halte das Ganze allerdings für Unsinn."

Rick notierte sich einige Infos über Milan in seinem Notizbuch. Er bedankte sich für die Informationen und verließ anschließend wieder das Museum. Ihm gingen mehrere Dinge durch den Kopf. Was hatte die Münze bei seiner

Mutter zu suchen? Wieso war sie für den Einbrecher von Bedeutung und hatte sie vielleicht eine Verbindung mit dem Syndikat? Rick musste am Ball bleiben und irgendwie mit CI in Kontakt treten, um weiterzukommen.

Unterdessen bekam Rebecca Besuch von einem Mitarbeiter von CI, Mr. Happy. Dieser kam im Auftrag von Charles Cunnings und sollte ein Übernahmegebot für „Hoch Hinaus" unterbreiten. Rebecca lehnte allerdings ab. Sie hatte sich geschworen, sich nicht von Charles Cunnings aus dem Geschäft drängen zu lassen, so wie er es mit den anderen Firmen gemacht hatte. Mr. Happy warnte Rebecca eindringlich vor dem drohenden Konkurrenzkampf.

„Soll das eine Drohung sein? Sagen Sie Ihrem Chef, wenn er etwas will, soll er persönlich hier auftauchen und keinen Hund vorschicken."

Mr. Happy war aalglatt und ließ sich nicht aus der Fassung bringen. Er grinste leicht und verließ dann das Büro. Rebecca war sauer. Charles Cunnings dachte, er könnte sich alles erlauben. Vor dem Eingang von „Hoch Hinaus" begegnete Rick noch Mr. Happy.

„Ach, Sie müssen Mr. Sky sein."

Rick blieb stehen und sah den Mann an. „Wie kann ich Ihnen helfen?", fragte Rick skeptisch nach.

„Nun, mein Name ist Mr. Happy, ich arbeite für Charles Cunnings. CI ist sehr an einer Übernahme von ‚Hoch Hinaus' interessiert."

„Nun, das müssen Sie mit meiner Chefin besprechen." Rick ging weiter, doch Mr. Happy ließ nicht locker.

„Leider ist Ms. Cunnings nicht an einem Verkauf interessiert."

Rick blieb stehen. „Ms. Cunnings?", fragte er ungläubig.

Mr. Happy grinste breit. „Nun, sie nennt sich zwar Dooley, aber das ändert nichts an der Tatsache, dass sie die Tochter von Mr. Cunnings ist."

Rick konnte es nicht glauben. War Rebecca tatsächlich die Tochter von Charles Cunnings? Wieso hatte sie ihm das nicht gesagt? Rick ließ Mr. Happy stehen und ging zu Rebecca ins Büro. Rebecca war noch außer sich wegen des Besuchs von Mr. Happy.

„Alles in Ordnung, Rebecca? Wieso hast du mir nicht erzählt, dass Charles Cunnings dein Vater ist?"

„Du hast also mit Mr. Happy geredet. Ich wollte es dir irgendwann erzählen. Aber ich möchte einfach unabhängig von meinem Vater sein, nicht mehr unter seiner Kontrolle stehen. Und jetzt schickt er seinen Bluthund hierher und will mein Geschäft aufkaufen." Rebecca wurde sauer.

Ihr Vater war nach ihren Worten ein machtbesessener Despot, der alles und jeden kontrollieren wollte. Rick konnte sie verstehen. Gleichzeitig musste er daran denken, dass er nun eine Möglichkeit hatte, an Charles Cunnings heranzukommen. Doch wollte er wirklich sein Verhältnis zu Rebecca gefährden und sie benutzen, um hinter die Machenschaften von CI zu gelangen? Rick musste darüber nachdenken, wie es nun weitergehen sollte. Plötzlich wurden sie von Detective Wesley unterbrochen.

„Mr. Sky, so sehen wir uns wieder. Wir hätten da ein paar Fragen an Sie." Wesley hatte wieder sein arrogantes Grinsen aufgelegt.

Rick hatte in diesem Moment keine Nerven für diesen

schmierigen Kerl. „Detective Wesley, was kann ich heute für Sie tun?"

Wesley zog einen kleinen Zettel aus seiner Tasche. „Wir haben mehrere Zeugen, die Sie gesehen haben, wie Sie eine Auseinandersetzung mit einem Obdachlosen namens Julius Fillby hatten. Und jetzt ist Mr. Fillby tot."

Rick war geschockt. Jemand hatte Julius ermordet und wollte es ihm in die Schuhe schieben. Ihm gingen sofort mehrere Fragen durch den Kopf. Zum einen fragte er sich, wer die angeblichen Zeugen waren? Waren es womöglich die Creeps? Und waren sie für den Tod von Julius verantwortlich? Rick wurde klar, dass es Leute gab, die nicht wollten, dass er die Wahrheit herausfand.

„Ich habe damit nichts zu tun, ich habe Julius geholfen. Er wurde von den Creeps angegriffen. Vielleicht sollten Sie die mal befragen."

„Das werden wir tun. Sie sollten nicht zu weit weggehen. Wir werden wiederkommen und dann kann Sie auch Ihr großer Bruder nicht mehr beschützen." Wesley ging wieder und gab sich siegessicher.

Rebecca wollte von Rick wissen, was vor sich ginge und was Wesley von ihm wollte, aber Rick konnte ihr noch nicht die Wahrheit über alles erzählen. Er ging zu Tom und erzählte ihm von den Vorwürfen. Tom war der Ansicht, dass sie Beweise gegen Wesley brauchten, um ihm die Korruption nachweisen zu können. Eine spezielle Nachtsichtkamera sollte Rick dabei helfen, Beweise zu sammeln.

Kapitel 7: Das Geheimtreffen

Wie die letzten Nächte auch legte sich Rick bei den Lagerhallen auf die Lauer. Und tatsächlich sollte er dieses Mal Glück haben. Ein schwarzer BMW fuhr vor den Eingang von Lagerhalle 17. Aus dem Wagen stiegen Wesley und ein weiterer Polizist. Mehrere Mitglieder der Creeps waren ebenfalls anwesend. Rick machte fleißig Bilder von der Situation. Leider konnte er nicht verstehen, was gesagt wurde. Plötzlich öffneten sich die Tore der Lagerhalle. Mehrere Wachmänner traten heraus. Auch Mr. Happy war unter ihnen. Dann machte er ein Foto, das ihm einen enormen Vorteil verschaffen sollte. Mr. Happy überreichte Wesley einen Umschlag und Gott sei Dank zählte der arrogante Kerl das Geld, das sich darin befand, noch an Ort und Stelle. Damit hatte Rick den Beweis, dass CI die Polizei in der Tasche hatte und Wesley Bestechungsgeld annahm. Doch es sollte noch interessanter werden. Ein Gabelstapler brachte mehrere größere Kisten zur Halle. Die Wachmänner öffneten eine davon. Was sich darin befand, konnte Rick nicht erkennen, aber alle Beteiligten wirkten zufrieden. Dann fuhr ein schwarzer Lieferwagen vor. Schwarz gekleidete

Männer stiegen aus und luden die Kisten in den Transporter. Handelte es sich dabei womöglich um Mitglieder des Syndikats? Rick war neugierig, konnte aber nicht näher ran. Auch konnte er das Nummernschild nicht erkennen. Nachdem die Kisten verladen waren, fuhr der Transporter wieder weg und die Lagerhalle wurde geschlossen. Dann verließen auch Wesley und sein Partner die Docks.

Rick machte sich auf den Weg nach Hause. Am nächsten Morgen zeigte er sofort Tom die Beweise. Dieser schickte sie direkt an John weiter, der gleich veranlasste, dass Wesley aus dem Verkehr gezogen wurde. John erhoffte sich, durch Wesley endlich Beweise gegen Cunnings sammeln zu können. Diesem konnte noch nie jemand etwas nachweisen. Vor allem die Verbindung zum Syndikat war wichtig. Nach wenigen Stunden trafen bereits die Agenten der WSA in Haven Port ein und nahmen Wesley fest. Rick war vor Ort. Er wollte unbedingt dabei sein, wenn sie ihn festnahmen. Wesley spielte sich zuerst vor seinen Kollegen auf, aber als er die Beweise sah, wurde ihm klar, dass es aus war. In null Komma nichts änderte er seine Haltung und versprach der WSA, er würde auspacken, wenn ihm

Immunität für seine Vergehen gewährt wird. Die Agenten nahmen Wesley mit und wollten ihn nach New York zur Zentrale der WSA zur Vernehmung überstellen. Als der Wagen an Rick vorbeifuhr, konnte er noch Wesleys Gesicht erkennen. Was er sah, war die pure Angst. Kurz darauf explodierte der Wagen und Rick wurde durch die Druckwelle mehrere Meter nach hinten geschleudert. Die Menschen brachen in Panik aus. Mehrere Polizisten stürmten zu dem Wrack, das in Flammen stand. Es gab keine Überlebenden. Später wurde festgestellt, dass es sich bei dem Sprengsatz um den gleichen Typ wie bei Ricks Absturz gehandelt hatte. Das Syndikat hatte also erneut zugeschlagen.

Rick fühlte sich machtlos. Jedes Mal, wenn er dem Syndikat und der Wahrheit näherkam, wurde er wieder zurückgeworfen. Er war an einem Tiefpunkt angekommen. Er wusste nicht, wie es weitergehen sollte. Frustriert zog er sich zurück und suchte eine Kneipe auf. Am Tresen war noch ein Platz frei. Der Barkeeper gab ihm sofort zu verstehen, dass er nicht bedient werden wird, da er zu jung war.

„Er gehört zu mir, Joe, gib ihm ein Bier", sagte jemand.

Rick blickte nach rechts auf einen jungen Mann neben

sich. Er war groß, sportlich und sehr maskulin.

„Ich bin Jonathan." Der junge Mann grinste Rick an. Er strahlte ein ungeheures Selbstbewusstsein aus. Jonathan war 21 Jahre alt und lebte noch nicht lange in Haven Port. Die jungen Männer verstanden sich auf Anhieb und verbrachten einige Stunden in der Kneipe. Sie tranken Bier um Bier und Jonathan stellte sogleich fest, dass Rick für sein junges Alter ungewöhnlich trinkfest war. Sie unterhielten sich lange über Haven Port und Rick erzählte von seinem Absturz und der Amnesie. Jonathan war beeindruckt von Ricks Ehrlichkeit und seiner Stärke nachzuforschen, wer er ist und was passiert war. Es war bereits halb zwei in der Nacht, als die beiden immer noch an einem Tisch saßen und tranken. Sie lachten und machten Witze. Plötzlich bemerkte Rick, dass Mitglieder der Creeps die Kneipe betraten. Einen erkannte er sofort an dem Gipsarm, den er trug.

„Na, wen haben wir denn da." Die Creeps lachten und umringten den Tisch von Rick und Jonathan.

„Joe, Feierabend für heute!", rief einer der Creeps zum Barkeeper. Dieser wusste sofort Bescheid und machte sich prompt aus dem Staub.

Jonathan lachte. Er musterte die zehn Typen, die da um sie herumstanden. „Hey Rick, kennst du diese Schießbudenfiguren etwa?" Er lachte immer lauter.

„Ja, sind alte Freunde von mir, die nicht wissen, wann Schluss ist." Jetzt lachte Rick auch und musste sogar Tränen vergießen dabei.

Die Creeps wurden sauer, denn sie wurden nicht gerne verarscht und verspottet. Einer der Männer nahm eine Bierflasche und zerschlug sie an einem Tisch. Er schrie sie an. „Was glaubt ihr, wen ihr hier vor euch habt?"

In dem Moment ruckte Jonathan mit seinem Stuhl zurück und trat mit voller Wucht gegen den Tisch, der daraufhin auf die Creeps knallte. Dann stand er auf und schlug dem Creep, der die Flasche in der Hand hielt, mehrere Male ins Gesicht, bis dieser zu Boden ging. Rick tat es ihm gleich und übernahm die vier Typen, die um ihn herumstanden. Rick und Jonathan ergänzten sich sehr gut und agierten perfekt als Team. Die Creeps waren zwar zahlenmäßig überlegen, aber gegen die beiden hatten sie nicht die geringste Chance. Jonathan genoss sichtlich den Kampf. Er war zwar betrunken, doch er besiegte jeden einzelnen

Gegner mit Leichtigkeit. Die Creeps sahen irgendwann keine andere Möglichkeit, als die Flucht zu ergreifen. Rick und Jonathan freuten sich. Sie hatten es den Typen gezeigt. Jonathan ging hinter die Bar und besorgte erst mal zwei weitere Bier. Sie stießen auf ihren Sieg an und die Freundschaft, die sich zu entwickeln begann. Rick hatte neben Tom keinen einzigen Freund in Haven Port. Tom war für ihn auch mehr Mentor als ein richtiger Freund.

Die beiden Jungs verließen die Kneipe und liefen den Hafen entlang. Rick fasste Mut und erzählte Jonathan von seinen Nachforschungen, den Creeps, Cunnings Industries, seinem Job bei Rebecca und der Verschwörung, die im Gange war. Jonathan war von Ricks Vertrauen überrascht, fühlte sich aber geehrt. Er versprach, Rick zu helfen und ihn bei seinen Nachforschungen zu unterstützen. Sie saßen noch die ganze Nacht zusammen und überlegten sich eine Strategie. Rick musste an Charles Cunnings herankommen. Er war der Schlüssel zum Syndikat. Sie fassten den Entschluss, sich an Mr. Happy zu hängen. Als die Sonne langsam am Horizont aufging, beschlossen die Männer nach Hause zu gehen. Rick fiel ins Bett und stellte fest, dass er überhaupt nicht müde oder erschöpft war. Auch merkte er den ganzen getrunkenen Alkohol nicht. Er fragte sich, was mit ihm los war. Am nächsten Morgen wollte er sich mit Tom treffen, da sie immer noch Ricks besondere Fähigkeiten untersuchten. Es schien, als würden immer wieder neue Begabungen und Fertigkeiten hinzukommen. Da er nicht einschlafen konnte, fasste er den Entschluss, noch etwas zu trainieren. Seine Ausdauer war außergewöhnlich. Nach und nach stellte er fest, dass in ihm enorme Kräfte stecken mussten. Ihm wurde klar, wenn er es tatsächlich mit dem Syndikat, den Creeps und weiteren Parteien aufnehmen wollen würde, müsste er vollkommene Kontrolle über seine Begabungen erlangen. Also überlegte er sich Trainingseinheiten, die seine geistigen und körperlichen Fähigkeiten schulen sollten. Nach einiger Zeit beschloss er, noch ein paar Stunden zu schlafen, bis er sich wieder mit Tom treffen würde.

Kapitel 8: Gleichgesinnte

In Toms Werkstatt stellte Rick Jonathan als neuesten Verbündeten vor. Zuerst war Tom skeptisch, aber wenn Rick ihm vertraute, dann konnte er es auch. Zu dritt überlegten sie, wie sie weitermachen sollten. „Wir sollten an Mr. Happy dranbleiben. Wir sind überzeugt, über ihn an Informationen zu gelangen", erklärte Rick. Tom teilte ihre Auffassung. „Ich bin derselben Meinung. Happy könnte uns weiterbringen. Ich hätte aber noch eine weitere Idee. Ich hatte früher Kontakt zu Charles gehabt und könnte versuchen, ein Treffen mit ihm zu vereinbaren. Vielleicht bekomme ich etwas aus ihm heraus. Zu viel sollten wir uns davon nicht versprechen. Aber man sagt ja, die Hoffnung stirbt zuletzt." Sie waren sich alle drei einig. Rick nahm anschließend seinen neuen Freund mit zu seiner Arbeit und stellte ihm Rebecca vor. Es gab allerdings schlechte Neuigkeiten. „Es kamen seit Tagen keine Aufträge mehr rein und auch die Miete für das Bürogebäude wurde von der Stadt enorm erhöht. Ich bin mir sicher, dass CI dahintersteckt und den Druck auf uns erhöht. Die wollen uns aus dem Geschäft drängen, so wie sie es bisher mit jeder

Konkurrenz gemacht haben", erklärte Rebecca. Sie war verzweifelt.

Derweil war Tom am CI-Wolkenkratzer angekommen und betrat die große Lobby. Er meldete sich am Empfang an und bekam nach kurzer Rücksprache tatsächlich eine Audienz beim großen Boss. Dieser war gespannt, was seinen alten Freund zu ihm führte. Das Büro von Charles Cunnings befand sich in der 95. Etage. Ein großer Raum mit hohen Decken, fast so groß wie eine Sporthalle mit vielen Pflanzen, sodass das Büro einem Gewächshaus glich. Vor einem großen Fenster, von dem aus man die gesamte Stadt überblicken konnte, stand Charles Cunnings. Er trug einen Anzug, der teurer war als Toms gesamtes Inventar seiner Werkstatt. Tom ging zögernd auf ihn zu.

„Tom, es ist lange her. Was führt dich denn hierher? Willst du also doch noch einsteigen?" Charles drehte sich mit einem gewinnenden Lächeln um.

„Hallo Charles, nein, ich bin nicht hier, um für dich zu arbeiten, falls du das denkst. Es gibt einen anderen Grund. Ich komme wegen Ann Skys Sohn Rick. Er arbeitet übrigens für Rebecca."

Charles zeigte keine Regung und seine Mimik schien wie versteinert. „Ich habe von dem Jungen gehört. Ein kleiner Herumtreiber, der an den Docks herumschnüffelt und sich in Dinge einmischt, die ihn nichts angehen."

Tom war überrascht. Charles schien ziemlich gut informiert zu sein. Es schien, als hätte CI tatsächlich mit dem Syndikat zu tun. „Ich warne dich, Charles. Lass den Jungen in Ruhe."

Charles begann zu lachen. „Du drohst mir doch nicht etwa, oder, Tom? Glaubst du ernsthaft, du kannst es mit mir aufnehmen? Ich habe dich um der alten Zeiten Willen deine kleine erbärmliche Werkstatt behalten lassen. Wenn ich wollte, könntest du sofort dichtmachen." Charles trat direkt vor Tom.

Dieser wusste, dass er letztendlich nichts gegen Charles und seinen Konzern ausrichten konnte, immerhin kontrollierte Cunnings inzwischen die gesamte Stadt. Aber Tom wollte ihm zeigen, dass er keine Angst vor ihm hatte und sie sich, wenn es sein muss, mit aller Macht gegen ihn stellen werden.

Tom verließ den Cunnings Tower und ging zurück in seine Werkstatt. Er war sich nun sicher, dass Cunnings mit dem Syndikat Geschäfte machte, aber er bräuchte Beweise, um ihn zu Fall bringen zu können.

Inzwischen flog Jonathan zusammen mit Rick nach Dutchs Creek. Dort mussten sie für „Hoch Hinaus" ein Paket zustellen. In Dutchs Creek befand sich ein kleines, aber aufstrebendes Start-up, das dringend technisches Equipment benötigte. Die Ablieferung erfolgte wie gewohnt ohne Probleme und zügig konnten sich die zwei wieder auf den Rückweg machen. Auf halber Strecke entdeckten sie ein großes Frachtschiff des CI-Konzerns. Dieses wurde von mehreren kleinen Schiffen eskortiert. Dabei handelte es sich um den privaten Sicherheitsdienst von CI. Das Schiff war mit den neuesten Waffentechnologien beladen und sollte zum Hauptsitz des Konzerns in Haven Port geliefert werden. Im Vorfeld gab es keinerlei Informationen zum Lieferdatum und den genauen Details. Es herrschte die höchste Geheimhaltungsstufe, um den Transport zu schützen. Per Funk wurde Rick von der Eskorte gewarnt, sich ihr nicht noch mehr zu nähern und den Transport großräumig zu umfliegen, andernfalls würden sie das Feuer eröffnen. Rick korrigierte seine Flugbahn und verließ das Gebiet. Er wollte sich auf keinen Konflikt mit CI einlassen.

„Rick, da kommt Ärger." Jonathan blickte nach hinten und entdeckte zehn Piratenflugzeuge. Sie fragten sich, wo diese immer so aus heiterem Himmel herkommen konnten, ohne vorher auf dem Radar aufzutauchen. Die Piraten stürzten sich hinab auf den Frachter und eröffneten das Feuer. Die Sicherheitskräfte erwiderten sofort den Angriff und leiteten weitere Abwehrmaßnahmen ein. Doch sie hatten schlechte Karten, da der Angriff sie völlig unerwartet traf. Die Piraten schienen wie aus dem Nichts aufgetaucht zu sein. Ricks erster Gedanke war, sofort die Flucht zu ergreifen, da es zu viele Piraten waren und er nicht das einzige Flugzeug von „Hoch Hinaus" gefährden wollte. Jonathan hingegen war waghalsiger und abenteuerlustiger als Rick. Er wollte näher ran und so nah wie möglich den Angriff sehen.

„Na los, Rick, wir müssen eingreifen und was unternehmen!", flehte er geradezu Rick an.

„Bist du verrückt?", erwiderte Rick erschrocken.

„Unsere Firma ist auf dieses Flugzeug angewiesen, das können wir nicht riskieren. CI hat seine eigenen Sicherheitsleute und auch die neueste Ausrüstung, die werden schon fertig mit den Piraten."

Jonathan überlegte kurz. „Denk doch mal drüber nach. Was passiert, wenn wir eingreifen und die Piraten verjagen können? Da springt bestimmt eine fette Belohnung raus." Sein Lächeln wurde breiter. „Außerdem wäre es unterlassene Hilfeleistung."

Rick grübelte und lenkte schließlich ein. „Na schön, aber wir haben keinerlei Waffen an Bord. Was sollen wir also tun?"

Die Sicherheitskräfte hatten derweil zunehmend Schwierigkeiten, die Piraten abzuwehren, da sie überhaupt nicht auf sie vorbereitet waren und sie nicht kommen sahen. Die Piraten waren mit selbst gebauten Bomben ausgestattet, die sie auf die Sicherheitsschiffe abwarfen und diese damit zerstörten. Der Frachter selbst war mit keinen Waffen ausgerüstet und war den Piraten hilflos ausgeliefert. Die Piraten zerschossen inzwischen auch die Antennen, um die Funkverbindung zu unterbrechen. Jonathan hastete nach hinten in den Laderaum und suchte nach Dingen, die ihnen helfen konnten, die Piraten aufzuhalten.

„Rick, hier sind ein paar Treibstofffässer!", rief er Richtung Cockpit.

Rick öffnete die Ladeluke und setzte die Maschine direkt über die Piraten. Sobald die Maschine über den zehn feindlichen Jägern war, kippte Jonathan die Fässer um. Der Treibstoff regnete über die Angreifer herab und begoss sie. Die Piraten konnten durch die verklebten Scheiben nichts mehr sehen und auch die Propeller waren verstopft. Sie mussten den Angriff abblasen. Rick und Jonathan hatten es geschafft und erfolgreich die Piraten abgewehrt. Doch Jonathan war das nicht genug. Er nahm aus dem Rettungskasten eine Leuchtpistole und feuerte auf die Piraten. Der Treibstoff entflammte sofort und entzündete jedes einzelne der Flugzeuge, die nach und nach explodierten. Eine gigantische Explosion erleuchtete den Himmel über dem Frachter und Teile der feindlichen Maschinen prasselten auf die Wasseroberfläche.

„Was hast du getan? Du solltest sie doch nicht umbringen!" Rick war schockiert, aber Jonathan machte ihm direkt

klar, dass die Piraten auch nicht zögern würden, sie zu töten. Der Frachter schaffte es derweil, durch ein Notsignal
Kampfflugzeuge zu benachrichtigen, die nach kurzer Zeit
auch eintrafen. Von da sollten sie den Frachter sicher bis
zur Stadt geleiten. Das Unheil schien abgewendet, doch
dann offenbarte sich der Grund, wieso die Piraten immer so
überraschend aus dem Nichts auftauchen konnten. Aus der
Wolkendecke trat urplötzlich ein gigantisches Luftschiff hervor. Das war also die Basis der Piraten, von der aus sie ihre
Flugzeuge losschickten. Das Luftschiff war mit einer
Tarnausrüstung ausgestattet, die es für die Frühwarnsys-
teme unsichtbar machte. Rick und Jonathan waren sprachlos, als das gigantische Schiff über ihnen auftauchte. Die
Kampfflugzeuge griffen sofort an, doch das Luftschiff war
nicht nur perfekt gepanzert, es verfügte auch über große
Kanonen mit enormer Durchschlagskraft, die aus den Maschinen Altmetall machten. Rick schaltete den Turbo ein,
da sie schleunigst verschwinden mussten, denn das Luftschiff nahm auch sie ins Visier.

„Na los, Rick, bring uns hier raus." Jonathan nahm wieder im Cockpit neben Rick Platz. Dieser konzentrierte sich

und versuchte sich ganz auf ihre Flucht zu fokussieren.

Das Luftschiff ließ sie ziehen, vorerst jedenfalls. Zu diesem Zeitpunkt wollten sie nur den Frachter. Auf der Brücke des Luftschiffs stand der Kapitän der Piraten, Nolan. Grimmig blickte er dem kleinen gelben Flugzeug hinterher. „Wir sehen uns wieder." Sein von Narben übersätes Gesicht begann breit zu lächeln, sodass sein Gesicht einer dämonischen Fratze glich.

Nach einer Viertelstunde erreichten Rick und Jonathan Haven Port. Nachdem ihr Funksignal nicht mehr gestört wurde, konnten sie endlich die Küstenwache benachrichtigen. Allerdings war der Frachter bis zu deren Eintreffen bereits völlig leergeräumt worden. Die Piraten ließen jedoch die Besatzung am Leben. Rick wunderte sich, warum die Piraten den Frachter angegriffen hatten. Immerhin gehörte er zu CI und so wie er gesehen hatte, machten diese Geschäfte mit den Piraten.

Unterdessen erreichte Charles Cunnings die schlechte Nachricht. „Mr. Happy, kontaktieren Sie dieses Pack und finden Sie heraus, was das sollte! Die glauben, sie können uns bestehlen?" Cunnings schlug mit der Faust auf den

Tisch. Er war wütend. Noch weniger konnte er überhaupt leiden, wenn jemand versuchte, ihn zu betrügen.

Mitten im nächsten Wutausbruch meldete sich Nolan bei ihm: „Charles, kein Grund, wütend zu werden. Wir haben uns lediglich das versprochene Equipment geholt, das uns CI noch schuldig war."

Charles wurde wütender, versuchte es aber zu verbergen und sagte kein Wort.

Nolan wiederum grinste selbstsicher. Dann redete er weiter: „Um dich zu besänftigen, Charles, mache ich dir ein Angebot. Vor Ort war ein gelbes Flugzeug mit der Aufschrift ‚Hoch Hinaus'. Es ist uns leider entkommen. Aber du kennst ja auch mein Motto, wenn man etwas gut kann, dann mach es nicht umsonst. Daher biete ich dir an, mal wieder die Konkurrenz aus dem Weg zu räumen. Ich hätte da auch schon einen Vorschlag, den ich dir gerne unterbreiten würde."

Nolan begann zu lachen, während Charles neugierig wurde. „Ich bin ganz Ohr" antwortete er.

Rick erzählte unterdessen Rebecca, was vorgefallen

war, und versicherte ihr, dass das Flugzeug in Kürze wieder einsatzbereit wäre. Sofort suchte er Tom auf und bat ihn, das Flugzeug wieder zu reparieren. Außerdem berichtete er ihm von dem Zwischenfall. Plötzlich entdeckte er einen Fernsehbericht. In diesem wurde berichtet, dass der Frachter auf ein Riff aufgelaufen und deswegen gesunken wäre. Von den Piraten und dem Angriff war keine Rede. Es gab keine Überlebenden. Rick war verwirrt. Wieso wurde der Angriff verschwiegen?

Mr. Happy gab vor laufenden Kameras eine Stellungnahme ab. „Leider haben wir traurige Gewissheit, dass bei dem Unglück all unsere Crewmitglieder tragisch ums Leben kamen. Der Funk war leider bei dem Aufprall ausgefallen und es konnte daher kein Notsignal abgesendet werden. Allerdings liegen uns Beweise vor, dass ein kleines Frachtschiff in der Nähe unterwegs war und den Unfall gesehen hatte. Trotzdem hat es weder geholfen noch ein Notsignal abgesendet. Die Maschine flog einfach unbehelligt weiter nach Haven Port. Bei der Maschine handelt es sich um eine Frachtmaschine der hier in Haven Port ansässigen Firma ‚Hoch Hinaus'. Wir werfen dieser Firma vor, fahrlässig einfach weggesehen zu haben. Wegen des Egoismus dieses Piloten sind nun 120 Menschen tot. Dieser Pilot hat gegen das Gesetz verstoßen und den Menschen durch das Auslassen eines Funkspruchs das Leben genommen. Die Besatzung hätte gerettet werden können."

Rick konnte es nicht fassen, „Hoch Hinaus" sollte als Sündenbock dienen. Rebecca sah ihn schockiert an. Das konnte das Aus für „Hoch Hinaus" bedeuten. Sie musste sich setzen und überlegte fieberhaft, wie sie da wieder heil rauskommen sollten. Rick versicherte ihr, dass es definitiv einen Piratenangriff gegeben und er der Besatzung sogar geholfen hatte.

„Das glaube ich dir sofort, Rick. Leider nutzt mein Vater nur seine Chance, uns aus dem Geschäft zu drängen. So wie er es mit jedem bisher getan hatte, der ihm im Weg stand. Auch in Zukunft würde er es wieder so machen."

Rick war fassungslos von der skrupellosen Vorgehensweise von CI und vor allem von Charles Cunnings. Er war wütend und wollte das nicht auf sich sitzen lassen. Er stürmte zum CI Tower und verlangte ein Treffen mit Cunnings. Die Sicherheitsleute wiesen ihn ab, aber dann wurde ihm doch ein Treffen gestattet.

„Nun, Mr. Sky, wie komme ich zu dieser zweifelhaften Ehre?" Da stand er also vor ihm, der mächtigste Mann der Stadt, Charles Cunnings, mit seinem selbstgefälligen Grinsen.

„Wie können Sie das nur Ihrer Tochter antun? Sie hat sich ein Geschäft aufgebaut und Sie drängen sie eiskalt raus. Und damit nicht genug! Sie stellen sie öffentlich an den Pranger!" Rick näherte sich Cunnings. „Sie wissen ganz genau, dass es kein Unfall war, sondern ein Angriff der Piraten. Wir haben unser Leben riskiert, um Ihren Männern zu helfen." Rick stand nun unmittelbar vor ihm.

Cunnings jedoch blieb völlig unbeeindruckt und verzog keine Miene. „Du hast Mut, Kleiner, das muss ich dir lassen. Hier hereinzustürmen und die Frechheit zu besitzen, so mit mir zu reden. Ich könnte dich zerquetschen wie einen Käfer!" Seine kühle, emotionslose Miene änderte sich zu einem bösartigen, kalten Gesichtsausdruck.

Rick konnte Cunnings Hass fühlen. „Versuchen Sie es doch. Dann gebe ich die Bilder, die beweisen, dass Sie

Geschäfte mit den Piraten und den Creeps an den Docks betreiben, an die WSA weiter."

Cunnings begann zu lachen. „Erinnere dich doch mal daran, was das letzte Mal passierte, als du die Beweise benutzt hast. Wie zum Beispiel gegen den naiven Detective Wesley."

Rick wusste genau, was Cunnings meinte. Wesley wollte auspacken und wurde deswegen aus dem Weg geräumt. Er wusste auch, dass er mit den Bildern nur Mr. Happy was anhaben könnte. Cunnings würde sich durch seine Beziehungen herauswinden. Rick beschloss, den Rückzug anzutreten. Als er sich umsah, fiel ihm auf, dass Cunnings Büro fast einem Museum glich. Überall standen Vitrinen, in denen sich alte Artefakte und Relikte befanden. Die Wände des Raums zierten seltene Gemälde. Dann stach ihm schlagartig eine Vitrine besonders ins Auge. Es war eine Glaskuppel, unter der sich eine Münze befand. Es war dieselbe seltsame Münze, wie er sie im Haus seiner Mutter gefunden hatte. „Was ist das für eine Münze?", fragte Rick.

Cunnings trat näher heran und stellte sich neben ihn. Er

schien plötzlich wie ausgewechselt und geriet sofort ins Schwärmen. „Das ist eine sogenannte ‚Milan Münze'. Benannt wurde sie nach dem Wissenschaftler Emilio Milan, der im 15. Jahrhundert gelebt hatte. Er war äußerst brillant gewesen und seiner Zeit voraus. Er wurde allerdings wegen seines Wissens und seiner Erfindungen von der Kirche verfolgt und denunziert."

Cunnings war ein blühender Verehrer von Emilio Milan. Er besaß die größte Sammlung von Milan-Artefakten und schriftlichen Aufzeichnungen weltweit. Seit Jahrzehnten war er stetig auf der Suche nach den Aufzeichnungen. Eines der seltenen Tagebücher konnte er bereits in seinen Besitz bringen. Rick hatte genug gehört. Er wandte sich ab und verließ das Büro.

Cunnings sah ihm nach und fing an zu lachen. Er sah in Rick keinerlei Bedrohung, für ihn war er nur ein Junge. Rick wiederum erkannte in Cunnings einen ernst zu nehmenden Gegner und hatte auch mittlerweile keinen Zweifel daran, dass dieser den Einbruch bei seiner Mutter befohlen hatte. Er wollte bestimmt die Münze für seine Sammlung. Rick brauchte dringend einen Plan. Nicht nur, um Rebecca zu helfen, sondern auch, um Beweise gegen Charles Cunnings zu finden. Für ihn war auch klar, dass er über Cunnings an Hinweise über das Syndikat gelangen konnte und sich ihm so vielleicht auch eine Möglichkeit offenbarte, seine Erinnerungen wiederzuerlangen. Er musste sich dringend mit Tom und Jonathan beraten, aber zuvor wollte er nach Rebecca sehen und sich versichern, dass es ihr gut ging. Als er am Bürogebäude ankam, wartete davor schon eine Meute von Reportern und Journalisten. Unter ihnen erkannte er auch den Fotografen, den er einst in der Innenstadt angegriffen hatte. Rick wollte diesmal nicht die Kontrolle verlieren. Geschwind drückte er sich durch die Menge und flüchtete in das Gebäude. Drinnen war Rebecca bereits der Verzweiflung nahe. Sie musste weinen. Sofort nahm Rick sie in den Arm. Sie brauchte seine Nähe dringender denn je und auch er konnte sich in ihrer Nähe fallen lassen. Er war fest entschlossen, ihr zu helfen, egal was es kostete. Rebecca erzählte ihm, dass die Polizei gegen „Hoch Hinaus" wegen unterlassener Hilfeleistung ermittelte und dass alle Kunden ihre Aufträge zurückgezogen hatten. „Hoch hinaus" war erledigt.

„Alles wird wieder gut, das verspreche ich dir." Rick sah ihr tief in die Augen. Er sah ihre Verzweiflung. Diese Firma war für sie mehr als ein Geschäft, es war die Befreiung von ihrem tyrannischen Vater gewesen.

Er lotste Rebecca durch den Hinterausgang an den Reportern vorbei und brachte sie nach Hause. Anschließend traf er sich mit den anderen in Toms Werkstatt. Sie waren sich einig, dass sie handeln mussten. Jonathan schlug vor, umgehend mit aller Härte zuzuschlagen, da Cunnings Rick noch unterschätzte. Tom war derselben Meinung. Ihre einzige Chance war der Hafen, um dort Beweise sicherzustellen.

Jonathan nahm eine Brechstange, die in der Ecke stand, in die Hand und sah sie erwartungsvoll an. „Na dann los, nehmen wir den Laden auseinander."

Rick stand nun auch auf und nickte seinem Freund zu. Die Sonne war bereits vor einigen Stunden untergegangen und der Hafen war menschenleer. Rick und Jonathan schlichen sich an den Wachen vorbei direkt ins Sperrgebiet. Dort brachen sie eine Halle nach der anderen auf und durchsuchten die Kisten, Container und Büros. Rick fotografierte alles, was mit CI und seinen Geschäften zu tun hatte. Auf ihrer Suche entdeckten sie mehrere Graffitisymbole der Creeps. Dieses Pack muss hier doch irgendwo sein Lager haben, dachte sich Rick. Es war Zeit, diese Gang aus dem Hafen zu vertreiben. Jonathan war von der Idee begeistert und gleich Feuer und Flamme, diese Rowdys fertigzumachen.

Nach kurzer Zeit fanden sie auch schon die ersten Mitglieder. Rick zögerte nicht lange und stürmte auf sie zu. Er war fest entschlossen und war es leid, sich ständig zurückhalten zu müssen. Blitzschnell schaltete er einen nach dem anderen aus. Jonathan war begeistert, Rick war inzwischen viel selbstbewusster und hatte dank seines Trainings mehr Kontrolle über seine Fähigkeiten. Es kamen immer mehr Creeps und die zwei hatten alle Hände voll zu tun, doch gemeinsam waren sie unschlagbar. Durch einen der verletzten Creeps erfuhren sie schließlich, wo genau sich ihr Lager befand – direkt hinter Lagerhalle Nr. 5. Rick und Jonathan machten sich auf den Weg. Es war an der Zeit, die Creeps endgültig zu verjagen. Als sie an der Lagerhalle angekommen waren, sahen sie die Symbole, die ihnen den

Weg wiesen. Hinter der Halle befand sich eine weitere alte, wohl durch einen Brand ausgebrannte Lagerhalle. Drinnen angekommen stießen sie tatsächlich auf das Lager der Creeps. Rund zwanzig Mitglieder standen schlagartig vor ihnen. Dahinter befand sich aus altem Metall ein zusammengeschweißter Thron. Auf diesem saß der Anführer der Creeps, der Creep King.

„Na, wen haben wir denn da? Wenn das nicht die zwei Spinner sind, die denken, sie können es mit uns aufnehmen." Der King lachte laut auf. Dabei musste er mehrmals spucken.

Die restlichen Mitglieder taten es ihrem Anführer gleich und lachten ebenfalls. Rick trat näher an sie heran. „Es wird Zeit, dass ihr von hier verschwindet!", brüllte er.

Der Creep King schnipste mit den Fingern, während er lächelte. „Zwingt uns doch."

Dann griffen die Creeps an. Jonathan reagierte instinktiv und warf seine Brechstange in die Menschenmenge, wodurch einige stürzten. Rick griff die anderen an. Er war nicht aufzuhalten. Geschickt konterte er jeden Angriff und schlug einen nach dem anderen zu Boden. Kein Schlag konnte ihn treffen. Er wich jedem Angriff aus. Jonathan war von Ricks Energie und seinen Fähigkeiten überrascht, aber gleichzeitig auch begeistert. Der Creep King beobachtete von seinem Thron aus das Geschehen. Nach einer Weile schnipste er erneut mit den Fingern. Das Geräusch, das entstand, hallte durch die leere Halle. Die Creeps wussten, was es zu bedeuten hatte, und zogen sich daraufhin etwas zurück, um Kräfte zu sammeln. Rick hatte noch volle Energie und musste nicht einmal durchatmen.

„Ich bin beeindruckt. Du hast mehr auf dem Kasten, als ich dachte. Ich mach dir einen Vorschlag: du und ich, eins gegen eins. Gewinnst du, verschwinden wir von hier und ich erzähl dir alles, was ich über die Machenschaften von CI weiß. Aber gewinne ich, schließt du dich uns an und erledigst deinen kleinen Freund."

„Ich zeig dir gleich, wer hier klein ist." Jonathan wollte schon auf den Creep King losgehen, doch Rick hielt ihn zurück.

„Wir haben einen Deal."

Jonathan war schockiert, doch Rick war überzeugt zu gewinnen. Er wusste, dass er mehr draufhatte, als er selbst überhaupt auch nur ahnte. Die Mitglieder bildeten einen Kreis um ihren Anführer und Rick. Der Creep King war ein ziemlich abgemagerter, verwahrloster Kerl mit schlechten Zähnen und einem Mundgeruch, der Rick fast allein schon umhaute. Seine langen, dürren Finger lösten die Gurte, die seinen Mantel hielten, anschließend glitt dieser zu Boden.

„Dann zeig mir mal, was du draufhast." Der Creep King gab sich siegessicher und schritt auf Rick zu, bis er direkt vor ihm stand. Er hob seine Arme und ließ sich von seinen Männern bejubeln. Diesen Moment nutzte Rick aus. Er schoss hervor und rammte seine Faust direkt in den Magen des Königs. Dieser schrie und keuchte zugleich, während Spucke aus seinem weit aufgerissenen Mund heraus- schoss. Seine Augen waren weit geöffnet und starr, unver- mittelt fiel er rückwärts zu Boden. Die anwesenden Creeps waren sprachlos. Ihr Anführer war mit nur einem Schlag be- siegt worden. Der am Boden liegende Creep King wand sich vor Schmerzen. Erst nach einer Weile hatte er wieder genug Kraft, um sprechen zu können. „Na gut, na gut, du hast gewonnen. Wir verschwinden von hier!"

Vier Männer mussten ihm hochhelfen, während die anderen ihre Sachen packten und nach und nach verschwanden. Rick hatte es geschafft, er hatte die Creeps aus dem Hafen und aus Haven Port verjagt. Doch das war noch nicht alles.

Der Creep King hielt sein Wort und gab sein Wissen preis. „Geht in das Lagerhaus Nr. 5. Es befindet sich direkt vor diesem Gebäude. Dort sind ein paar Container, darin findet ihr etwas, womit ihr CI großen Schaden zufügen könnt."

Als die Creeps gerade gehen wollten, rief ihnen Rick nochmals hinterher. „Was hat es mit den Piraten auf sich? Wieso lassen die sich auf Geschäfte mit Charles Cunnings ein?"

Der King drehte sich noch einmal um. „Ganz einfach, Charles Cunnings hat etwas in seinem Besitz, was Nolan unbedingt haben möchte. Er verzehrt sich geradewegs danach. Es handelt sich dabei um einen Ring, in dessen Fassung ein Stein eingesetzt ist. Angeblich handelt es sich dabei um Überreste eines Meteoriten."

Rick wollte noch mehr wissen und fragte sofort nach: „Warum ist dieser Ring so wichtig?"

„Der Ring gehörte einst dem Piratenkönig Skullbone Jackson, dem Vater von Nolan. Durch den Besitz des Ringes hat CI die Kontrolle über die Piraten und kontrolliert somit auch die Handelsrouten. Damit kann er seine Konkurrenz aus dem Weg räumen."

Rick hatte genug gehört. Er ließ die Creeps ziehen. Anschließend verschaffte er sich zusammen mit Jonathan Zugang zur Lagerhalle Nr. 5. Dort fanden sie tatsächlich Beweise gegen CI und seine Machenschaften mit den Piraten, den Bestechungen der örtlichen Behörden und den Intrigen gegen jegliche Konkurrenz.

Kapitel 9: Kampf der Giganten

Rick hatte nun die Möglichkeit, die Beweise an die WSA weiterzugeben und CI zu ruinieren. Doch er fasste einen anderen Entschluss. Er forderte von Cunnings ein weiteres Treffen, dem dieser auch zustimmte. Rick wollte Cunnings zu einem Deal zwingen, um so den Ruf von „Hoch Hinaus" wiederherstellen zu können.

Gerade als Rick das Büro betrat, erfuhr Cunnings von dem Abzug der Creeps und dem Einbruch in die Lagerhalle. Er kochte vor Wut. „Du hast wirklich Nerven, hier aufzutauchen, du kleiner Bengel."

Rick trat selbstbewusst vor ihn. „Sie sollten sich vor Augen führen, dass ich schon längst zur WSA hätte gehen und Sie mit den Beweisen, die ich habe, zu Fall hätte bringen können."

Cunnings Gesicht färbte sich langsam in ein dunkles Rot. Den Hass, den er gegen Rick empfand, konnte man ihm leicht vom Gesicht ablesen.

„Ich bin hier, um Ihnen einen Deal vorzuschlagen. Sie ziehen die Anschuldigungen zurück, stellen den Ruf von

„Hoch Hinaus" wieder her und entschädigen Ihre Tochter. Sie beenden die Beziehungen zu den Piraten und stellen klar, dass diese für das Sinken des Frachters verantwortlich waren. Dazu unterlassen Sie in Zukunft jegliche Intrigen gegen Ihre Konkurrenten und fangen an, den Hafen zu sanieren, und bauen zudem den Obdachlosen eine Unterkunft."

Cunnings lachte auf, wurde dann aber von einer auf die andere Sekunde wieder ernst. „Und für all diese absurden Forderungen gibst du mir sämtliche gestohlene Unterlagen zurück?" Er lachte nun viel lauter. „Du glaubst, du kannst mich mit gestohlenen Beweisen erpressen?"

Rick wurde noch etwas direkter. „Gehen Sie darauf ein oder nicht? Das ist Ihre letzte Chance."

„Na schön, Junge, ich gehe darauf ein, aber du übergibst mir sämtliche Beweise, die du hast. Außerdem arbeitest du nicht mehr für Rebecca und wirst dich in Zukunft von ihr fernhalten."

Rick wollte auf keinen Fall den Kontakt zu Rebecca abbrechen, aber das war seine einzige Chance. „Abgemacht."

Die beiden besiegelten ihren Deal mit einem

Handschlag. Cunnings war nicht dumm. Er wusste, dass die Beweise seinem Konzern massiv geschadet hätten. So hatte er weiterhin noch genügend Einfluss auf die Behörden und seine Machtstellung.

Beim Hinausgehen rief Rick seinem Gegner noch zu: „Noch was, benehmen Sie sich endlich wie ein liebevoller Vater, Ihre Tochter ist es wert." Dann verließ er Cunnings' Büro.

Diese Worte ließen Cunnings nicht kalt. Auch wenn er den Jungen verabscheute, so hatte er doch in diesem Punkt recht. Charles wollte wieder eine engere Bindung zu seiner Tochter, so wie sie es früher hatten, vor dem Tod seiner Frau, Rebeccas Mutter. Kurz darauf veröffentlichte CI ein Statement, in dem jegliche Anschuldigungen gegen „Hoch Hinaus" zurückgezogen wurden. Außerdem wurde der Firma eine Entschädigung von 50.000 Dollar zugesichert. Zudem gab der Konzern den Piraten die alleinige Schuld und sicherte den Behörden seine Unterstützung im Kampf gegen die Piraten zu. Anschließend versprach Mr. Happy im Namen von Charles Cunnings noch eine hohe Investition in das Hafenviertel, um dort eine Unterkunft für die dortigen Obdachlosen zu bauen. Rick hatte es geschafft. Er hatte erfolgreich den Ruf von „Hoch Hinaus" wiederhergestellt. Allerdings zu einem hohen Preis. Er durfte nicht mehr für Rebecca arbeiten und musste auch den Kontakt zu ihr abbrechen.

Als er das Büro betrat, war Rebecca schon in Feierlaune. Sie und Jonathan hatten eine Flasche Sekt geöffnet, um anzustoßen. Als sie Rick sah, sprang sie ihm regelrecht in die Arme. „Was auch immer du getan hast, es hat funktioniert!" Rebecca war überglücklich. Jedoch merkte sie sofort, dass Rick nicht in der gleichen Feierlaune war. „Jonathan, lässt du uns kurz allein."

Jonathan reagierte verständnisvoll, wusste er doch bereits über den Deal Bescheid. Er gab Rick einen leichten Klaps auf die Schulter und ging hinaus.

„Ich muss dir etwas gestehen, Rebecca. Ich bin mit deinem Vater einen Deal eingegangen. Dabei musste ich versprechen, mich in Zukunft von dir fernzuhalten, was auch bedeutet, dass ich nicht mehr für dich arbeiten kann."

Rebecca war schockiert. Sie konnte nicht glauben, dass

Rick tatsächlich auf diesen Deal eingegangen war. Aber das war noch nicht alles, denn er gestand ihr auch, dass er über ihren Vater an die Hintermänner gelangen wollte, die für seinen Absturz und die daraus resultierende Amnesie verantwortlich waren.

„Du hast mich also nur benutzt, um an meinen Vater heranzukommen? Darum war es auch so leicht für dich, dich auf diesen Deal einzulassen." Rebecca war wütend auf Rick. Sie konnte nicht fassen, dass er sie nur benutzt hatte, auch wenn er ihr versicherte, dass er das nie vorhatte und sie nie belügen wollte. Wütend und enttäuscht warf sie ihn aus ihrem Büro.

Rick war am Boden zerstört. Er hatte nicht nur Rebecca verloren, er war auch überhaupt nicht weitergekommen. Er stand wieder bei null, hatte er doch keinerlei Hinweise auf das Syndikat gefunden. Dafür hatte er viel mehr verloren. Jonathan wollte seinen Freund aufmuntern und nahm ihn deswegen mit in eine nahe gelegene Bar.

Unterdessen erhielt Cunnings einen Anruf von Nolan.

„Was sollte das, Cunnings? Wir hatten einen Pakt. Wir

halten dir die Konkurrenz vom Leib und beliefern dich mit den gestohlenen Waren, im Gegenzug hast du mir den Ring meines Vaters versprochen. Und jetzt verrätst du uns, stichst uns feige in den Rücken und lässt uns fallen?" Nolan erwartete die Herausgabe des Rings, damit sie endgültig quitt wären.

„Du machst wohl Witze, Nolan. Wir sind fertig miteinander. Seid froh, dass ich euch nicht vom Himmel pusten lasse." Cunnings lachte über Nolans Forderung. Er verspottete ihn und trat nochmals nach. „Ach und was den Ring angeht, den hatte ich niemals in meinem Besitz. Ich habe euch nur für meine Zwecke benutzt."

Nolan konnte kaum glauben, was er da hörte. Cunnings hatte ihn und seine Piraten also von vorne bis hinten nur betrogen und benutzt. „Das wirst du mir büßen, Cunnings. Du willst uns also vom Himmel pusten? Ich dagegen werde dich von der Erde fegen."

Cunnings reagierte allerdings nur mit einem verhöhnenden Lachen auf Nolans Drohung und beendete dann das Gespräch. Er fürchtete sich nicht vor der Rache der Piraten.

Nolan allerdings kochte vor Wut und schrie nach Vergeltung. Er wollte Charles Cunnings für seinen Verrat bluten lassen. „Betankt die Maschinen und nehmt Kurs auf Haven Port. Wir versenken diese verdammte Stadt im Meer."

Cunnings war zu naiv und unterschätzte die Piraten, denn auf dem überfallenen Frachter befand sich die neueste Waffentechnologie. Mit dieser hatten die Piraten nicht nur die Waffen ihrer Kleinflugzeuge, sondern auch die des Luftschiffes aufgerüstet. Sie verfügten damit über eine zerstörerische Feuerkraft. Das Luftschiff nahm Kurs Richtung Haven Port, während in der Stadt noch niemand der Bewohner von dem drohenden Unheil etwas ahnte, das auf sie zukam.

Rick trank derweil mit Jonathan ein Bier nach dem anderen. Er hatte Rebecca nie verletzen wollen und er hätte sie auch nie benutzt, um an Informationen über ihren Vater heranzukommen. Ihm waren schlagartig seine Erinnerungen egal und auch die Suche nach dem Syndikat war nicht mehr von Bedeutung. Alles, was ihm in diesem Moment mehr als alles andere bedeutete, seit er in Haven Port aufgetaucht war, war Rebecca.

Kapitel 10: Showdown über den Wolken

Während Rick am Ende seiner Kräfte war, betrat Rebecca das Büro ihres Vaters im Cunnings Tower. Sie wollte ihrem Vater die Stirn bieten und ihn konfrontieren. Sie wollte endgültig mit ihm brechen. Charles freute sich, seine Tochter zu sehen, und wollte sie in den Arm nehmen, doch sie stieß ihn nur von sich.

„Wie kannst du es wagen? Erst ruinierst du mich, zerstörst alles, was ich mir selbst aufgebaut habe, und dann mischst du dich auch noch in mein Privatleben ein und verlangst von Rick, dass er sich von mir fernhalten muss."

Charles versuchte seine Tochter zu beruhigen und versicherte ihr, dass er alles immer nur zu ihrem Besten getan hatte.

Einige Kilometer entfernt reagierten an den Felswachtürmen unterdessen die Alarmsignale. Gerade als sich die Wachposten in Alarmbereitschaft begeben wollten, wurden die Türme von mehreren Kanonenschüssen getroffen, die nur noch einen Haufen Asche und Tod hinterließen. Das Luftschiff der Piraten hatte die Felswand erreicht. Nolan stand auf der Brücke und gab den Befehl zur Vernichtung sämtlicher Wachtürme und Abwehrgeschütze. Diese wurden daraufhin nach und nach zerstört. Die zuständigen Wachmänner versuchten noch zu fliehen. Doch es war zu spät. Sie wurden entweder durch die Explosionen sofort getötet oder starben in den Flammen, da sie nicht rechtzeitig fliehen konnten und nun eingeschlossen waren. Unzählige mussten ihr Leben lassen. Einer davon war Miles Bloom, zwei Monate zuvor frisch nach Haven Port gezogen. Er wollte immer etwas Gutes tun und Menschen beschützen. Der Job als Wachmann war die Chance für ihn. Zum einen war es etwas Außergewöhnliches, auf den Klippen an den großen Abwehrgeschützen zu arbeiten, zum anderen war es aber auch eine sehr gut bezahlte Stelle. Die Flammen hatten ihn und zwei Kollegen in einem Kontrollraum eingeschlossen. In seinen letzten Gedanken war er bei seiner Frau und seinen Kindern. Er wusste, er würde sie nie wiedersehen. Die Hitze wurde unerträglich. Die Männer hatten Todesängste. Dann bahnte sich das Feuer seinen Weg in den Raum und verschlang unter verzweifeltem Gebrüll Miles und seine Arbeitskollegen.

Die Erschütterungen der Detonationen waren im zwanzig Kilometer entfernten Haven Port deutlich zu spüren. Jonathan und Rick stürmten aus der Bar, um nachzuschauen, was vor sich ging. Als sie auf die Bucht hinaussahen, zu den Klippen, konnten sie ihren Augen kaum trauen. Über den Klippen erhob sich das riesige Luftschiff und flog über diese hinweg. Rick nahm sein Handy hervor und rief sofort seine Mutter an. Ann und Tom machten sich sofort auf und brachten sich in Sicherheit. In der Stadt ertönte die Notfallsirene, während Polizei, Küstenwache und Rettungskräfte ausschwärmten. Der Bürgermeister wurde innerhalb von Minuten in Sicherheit gebracht und das Militär benachrichtigt. Nach Ricks Anruf gingen Tom und Ann gemeinsam in seine Werkstatt, dort hatte Tom einen speziellen Schutzraum gebaut. Rick rannte zum Hafen. Er wollte zu „Hoch Hinaus" und Rebecca in Sicherheit bringen. Das Luftschiff erreichte derweil die Küste und eröffnete das Feuer auf die Stadt. Es zerstörte einige Gebäude und Straßenabschnitte. Außerdem öffnete sich die Heckklappe des Schiffes und Dutzende Kampfmaschinen starteten in die Lüfte. Sie griffen die eintreffenden Polizisten und die Küstenwache an. Das Luftschiff setzte sich unterdessen direkt vor den

Cunnings Tower auf Höhe des Büros von Charles Cunnings.

Nolan aktivierte die Außenlautsprecheranlage. „Du dachtest, du könntest uns hintergehen und mich verarschen? Dafür wirst du jetzt bezahlen. Ich werde deine Stadt dem Erdboden gleichmachen."

Dann feuerte das Luftschiff Raketen in den Wolkenkratzer. Rebecca und ihr Vater wurden durch die Wucht der Explosion weggeschleudert und unter herabstürzenden Trümmern verschüttet. Rebecca konnte sich zwar problemlos befreien, allerdings konnte sie ihren Vater in den Trümmern nicht finden. Ebenso gab es keine Fluchtmöglichkeiten, alle Ausgänge waren verschüttet.

Im Bürogebäude von „Hoch Hinaus" konnte Rick Rebecca nicht antreffen. Er machte sich immer größere Sorgen. Doch dann erhielt er unerwartet einen Anruf. Es war Rebecca. Sie erzählte ihm, dass sie sich im CI Tower befand und nicht entkommen konnte. Rick sah aus der Ferne, wie der Wolkenkratzer immer weiter beschossen wurde und mehrere Stockwerke zusammenkrachten. Er konnte nicht lange überlegen und musste sofort handeln. Jonathan kam hinzu und ehe er nachfragen konnte, eilte Rick schon zu seinem Flugzeug und startete die Maschine. Jonathan folgte seinem Freund und gemeinsam hoben sie mit dem Flugzeug ab. Sie steuerten auf das Luftschiff der Piraten zu.

„Hast du einen Plan?", fragte Jonathan seinen Freund.

Rick konnte ihm aber keine zufriedenstellende Antwort geben. Er wusste nicht, was er tun sollte. Nur, dass er handeln musste, und das unverzüglich, wenn er Rebecca retten wollte.

Auf der Kommandobrücke sah Nolan das kleine Flugzeug näher kommen. Er erkannte es sofort wieder. „Sieh an, so rasch treffen wir uns also wieder." Sofort orderte er seine Kampfjäger zurück und wies sie an, das Flugzeug zu zerstören. Sofort änderten alle Jäger ihren Kurs und steuerten auf Ricks Flugzeug zu.

Dieser umklammerte fest seinen Steuerknüppel. Rick steuerte entschlossen auf die geöffnete Hangarluke des Luftschiffes zu.

„Du hast doch nicht etwa vor, da drin zu landen, oder?"

Jonathan war nicht gerade von dem Vorhaben begeistert, aber welche andere Möglichkeit blieb ihnen sonst noch übrig? Er wusste, es war die einzige Chance, die sie hatten. Die Kampfjäger schossen auf Rick, der den Schüssen durch gezielte Flugmanöver ausweichen konnte.

Die Piraten ahnten, was Rick vorhatte, und begannen daher die Luke zu schließen, doch Rick schaltete den Turbo ein und schoss mit voller Geschwindigkeit kurz vor dem Schließen der Luke in den Hangar. Jetzt musste er flott reagieren und die Maschine zum Stoppen bringen. Beim abrupten Aufkommen auf dem Boden des Hangars krachten die Reifen des Flugzeuges. Die Maschine schlitterte auf dem Rumpf durch den Hangar, bis sie schließlich zum Stillstand kam. Die restlichen Piraten an Bord umzingelten die Maschine und eröffneten, ohne über die Konsequenzen nachzudenken, das Feuer. Plötzlich aktivierten sich die Gastanks und der Hangar füllte sich mit Rauchgas. Die Piraten sahen nichts mehr und Rick konnte unbemerkt das Flugzeug verlassen. Er machte sich auf den Weg zur Kommandobrücke, während Jonathan einen der vielen Piraten überwältigte, um an dessen Maschinengewehr zu gelangen. Mit gezielten Schüssen schaltete er die anderen Piraten aus. Dann machte er sich auf den Weg zum Maschinenraum. Rick erreichte derweil die Brücke, wo Nolan bereits auf ihn wartete.

„Du bist also der Bengel, der mir schon einmal Ärger gemacht hatte. Ich hätte keinen kleinen Jungen erwartet."

Rick stand vor einem muskelbepackten, zwei Meter großen Hünen, dessen Körper von unzähligen Narben übersät war. Nolan war eine bedrohliche Gestalt. „Stellt sofort das Feuer ein!", mahnte Rick.

Nolan schickte daraufhin alle Piraten von der Brücke, da er ganz allein seinen Spaß mit Rick haben wollte. Der hatte keine Zeit mehr zu verlieren, also griff er seinen Gegner sofort an und verpasste ihm mehrere Schläge. Doch diese prallten einfach an Nolan ohne sichtbare Wirkung ab. Rick wich zurück, dann packte Nolan ihn am Hals und hob ihn hoch, nur um ihn dann mit voller Kraft gegen die Eisenwände des Schiffes zu werfen. Rick knallte mit voller Wucht dagegen und anschließend auf den Boden. Es war das erste Mal, dass er einen ebenbürtigen Gegner vor sich hatte. Gerade als er sich aufrappeln wollte, traf ihn ein Tritt genau gegen seine Rippen. Rick wurde dadurch in die Luft gewirbelt und landete auf der anderen Seite des Raums. Er spürte sofort, dass mehrere Rippen gebrochen waren. Die Schmerzen waren unerträglich. Nolan ließ aber nicht ab und schlug weiter auf ihn ein. Dann hob er ihn erneut hoch, um ihn die Treppenstufen hinunterzuwerfen. Jede Stufe fühlte sich wie weitere harte Schläge an. Schließlich blieb Rick am Fuß der Treppe liegen. Sein ganzer Körper schmerzte und Blut strömte aus seinen Wunden. Nolan wandte sich von Rick ab. Es war an der Zeit, den CI Tower endgültig zu vernichten und Charles Cunnings darunter zu begraben.

Rebecca hatte endlich ihren Vater in den Trümmern gefunden. Dieser wurde unter einem Stahlträger begraben und konnte sich nicht selbst befreien. Rebecca hielt seine Hand, sie machte sich große Sorgen um ihn. Nach allem, was geschehen war, war er immer noch ihr Vater und würde es auch immer bleiben. Er versprach ihr, sich zu ändern und sie nicht mehr zu enttäuschen. Dann sah er, dass die Piraten zu ihrem finalen Schlag ausholten. Ihm wurde klar, dass dies das Ende sein konnte. Er entschuldigte sich bei seiner Tochter und war froh, dass sie wenigstens in diesem Moment zusammen waren.

Jonathan hatte den Maschinenraum erreicht. Obwohl sich die Männer ergaben, eröffnete er das Feuer und tötete sie. Dann zerstörte er die Geräte und zerschoss den Motor, der Treibstoff verlor, sich entzündete und zu mehreren kleinen Explosionen führte. Ohne Zeit zu verlieren, verschwand Jonathan wieder, jede Sekunde zählte. Er musste umgehend zusammen mit Rick das Luftschiff verlassen.

Nolan leitete den letzten Angriff ein, als er eine Person hinter sich bemerkte. Als er sich umdrehte, konnte er es kaum glauben, vor ihm stand ein völlig unversehrter Rick. „Was zum Teufel bist du?"

Rick schien völlig unversehrt und voller Energie. Er ballte seine Hände zu Fäusten und sah Nolan direkt an. „Ich bin Rick Sky." Dann rannte er auf Nolan zu, schloss seine Augen und ließ seine Instinkte für ihn handeln. Nolan holte zum Konter aus und wollte Rick direkt mit seiner Faust treffen, doch dieser reagierte darauf und rutschte über den Boden, wich den Schlägen aus, gelangte hinter Nolan und trat ihm mit voller Wucht in den Rücken. Dieser wurde von der

Stärke des Trittes nach vorne geschleudert und kam dadurch ins Schwanken. Zügig sammelte er sich wieder und packte Rick erneut am Hals. Er hob ihn über sich und versuchte seinen Hals zu zerquetschen. Rick packte Nolans Hände und öffnete mit Einsatz all seiner Kraft dessen Finger. Unter der enormen Krafteinwirkung brachen Nolans Fingerknochen. Er schrie auf und ließ Rick los. Dieser landete instinktiv auf seinen Füßen und legte sofort mehrere harte Schläge nach. Nolan konnte sich nicht länger wehren. Er wich immer weiter zurück, ohne die Brüstung zu bemerken, über die er schließlich mehrere Meter nach unten fiel.

Der Maschinenraum explodierte und das Luftschiff begann zu sinken. Das Feuer breitete sich rasant über sämtliche Decks aus. Jonathan eilte die Stufen zur Brücke hinauf. „Rick! Wir müssen sofort hier raus, das Ding stürzt gleich ab."

Unterdessen traf das Militär ein und griff die Maschinen der Luftpiraten an. Eins nach dem anderen wurde zerstört. Die restlichen Piraten ergriffen die Flucht, als sie das sinkende Luftschiff sahen. Die Spitze des Luftschiffes knallte in den obersten Stock des CI-Wolkenkratzers, wo sich auch das Büro von Charles Cunnings befand. Rick und Jonathan hatten nur eine Chance. Sie mussten durch das Frontfenster über die Spitze des Luftschiffes in den Wolkenkratzer gelangen. Jonathan zerschoss das Fenster und sie rannten auf die Spitze des Schiffes, gaben volle Kraft, um so genug Geschwindigkeit aufzubauen, um den Absprung zu schaffen. Die hinteren Teile des Schiffes explodierten bereits und das Schiff begann sogleich immer schneller zu sinken. In letzter Sekunde sprangen beide ab und donnerten durch die Fenster des Büros. Dann stürzte das Schiff in die Bucht und explodierte. Durch die Explosion wurde das Fundament des Wolkenkratzers stark zerstört und das Gebäude fiel immer mehr in sich zusammen. In den Trümmern konnte Rick vor lauter Rauch und Feuer fast nichts erkennen, aber er konnte Rebeccas Nähe spüren. Verzweifelt rief er ihren Namen „Rebecca!" Er hoffte, sie würde noch leben. Seine Hoffnung schwand allerdings mit jeder Sekunde mehr. Dann plötzlich hörte er sie seinen Namen rufen. Er rannte durch das zerstörte Büro. Keine Flammen konnten ihn aufhalten. Jonathan musste zurückweichen, die Flammen waren zu hoch. Rick erreichte Rebecca, die immer noch versuchte, den Stahlträger zu heben. Sie fielen sich in die Arme und Rebecca begann zu weinen.

„Ich bin so froh, dass du hier bist. Du musst uns helfen."

Rick sah Charles unter dem Träger liegen, schwach, verletzt und ihm ausgeliefert. Doch Rick war anders als Cunnings. Er zögerte nicht und versuchte den Träger zu heben, doch dieser war zu schwer. Zusammen mit Jonathan, der endlich nachkam, schafften sie es am Ende doch, Charles zu befreien. Sie standen aber noch vor dem Problem, nicht aus dem einstürzenden Gebäude zu entkommen. Unten auf der Straße kam die Feuerwehr am Wolkenkratzer an und versuchte das Feuer zu löschen, aber wegen der akuten Einsturzgefahr mussten sie sich zurückziehen. Rick und Jonathan stützten den verletzten Cunnings, während Rebecca einen Ausgang suchte.

„Es gibt einen Notausgang für solche Fälle, Becca. Du musst das Bild an der Wand zur Seite schieben, dahinter ist ein Schalter versteckt. Drück ihn", sagte Charles zu seiner Tochter.

Rebecca schob das Bild zur Seite und betätigte den Schalter. Anschließend öffnete sich eine Geheimtür, die zu

einer Tunnelrutsche führte. Diese verlief außerhalb des To-
wers nach unten und war speziell geschützt, um auch bei
Feuer und Erdbeben noch zu funktionieren. Nacheinander
rutschten sie nach unten. Durch einen Hinterausgang konnten sie schließlich das Gebäude verlassen. Die Rettungskräfte nahmen sie sofort entgegen. Charles Cunnings
wurde umgehend versorgt und anschließend ins nahe gelegene Krankenhaus gebracht. Rebecca wollte unbedingt
ihren Vater begleiten, doch zuvor drehte sie sich nochmals
zu Rick, nahm ihn in den Arm und küsste ihn. Rick erwiderte
den Kuss und war glücklich, dass er sie retten konnte. Jonathan rief unterdessen Tom an, um ihn über das Wohlbe-
finden aller zu informieren. Ann und Tom waren überglücklich, dass es allen gut ging. Rebecca fuhr mit dem Krankenwagen zur Klinik. Überall in der Stadt fuhren Rettungskräfte, um die verletzten Menschen zu versorgen und zu
bergen. Als Rick sich umdrehte, war Jonathan verschwunden. Gerade eben hatte er seinen Freund noch gesehen,
doch nun war er weg. Ann hätte Jonathan gerne kennengelernt, da sie sich bisher immer verpasst hatten. Tom
brachte Ann schließlich nach Hause, während Rick noch
nach seinem Freund suchte. Dann stand der plötzlich

wieder neben ihm, mit zwei Bierdosen in der Hand. Rick lachte und Jonathan tat es ihm gleich. Sie hatten tatsächlich die Stadt gerettet. Das wurde ihnen in diesem Moment erst so richtig bewusst. Sie stießen auf ihre Freundschaft an und auf den Sieg über die Piraten. Rick kehrte schließlich nach Hause zurück und umarmte innig seine Mutter. Sie hatte sich große Sorgen gemacht, ihren Sohn ein zweites Mal zu verlieren. Tom war genauso froh, denn er hatte Rick inzwischen fest in sein Herz geschlossen und sah in ihm einen Sohn. Nach dem sich die Aufregung etwas gelegt hatte, rief Rick noch John an, um ihn über das Geschehene zu informieren. Dieser war froh, dass es seinem Bruder gut ging, und war stolz auf ihn. Sie telefonierten noch bis spät in die Nacht.

Kapitel 11: Aufbruch in ein neues Abenteuer

Es vergingen einige Wochen. Die Stadt erholte sich langsam von den Ereignissen und CI investierte viel Geld in den Wiederaufbau der Stadt. Bürgermeister Mackoy ehrte Rick und Jonathan in einer öffentlichen Zeremonie für ihren Mut und ihre Entschlossenheit. Ann und Tom standen in der Menge und waren stolz auf Rick. Es war das erste Mal, dass Ann Jonathan sah. Bisher hatte sie nur viel Gutes über ihn gehört, ihn aber noch nie persönlich kennengelernt. Sie freute sich für die beiden und war froh, dass Rick einen Freund gefunden hatte, auf den er sich verlassen konnte. Allerdings war da etwas Seltsames an Jonathan. Er kam ihr so vertraut und bekannt vor. Je länger sie ihn ansah, desto sicherer wurde sie, dass sie ihn schon einmal gesehen hatte. Aber ihr fiel nicht ein, wo und wann das gewesen sein könnte oder an wen er sie vielleicht sogar erinnerte. Während sie so nachdachte und sich sicher war, dass sie ihn bestimmt mal vor kurzer Zeit in der Stadt gesehen hatte, applaudierten die anwesenden Bürger und feierten Rick und Jonathan als Helden. Auch John war gekommen, um seinem Bruder zu gratulieren. Rick stellte ihm seinen Freund Jonathan vor und die zwei verstanden sich auf Anhieb. Sie wollten noch alle feiern gehen, doch Rick musste noch etwas erledigen. Er machte sich auf den Weg zur Klinik, dort wartete Rebecca bereits auf ihn. Sie küssten sich innig.

„Er ist wach und wartet auf dich. Regelt das, was zwischen euch ist, endlich. Ich stehe hinter dir und unterstütze dich."

Rebecca hielt seine Hände. Rick wusste, dass Cunnings der Schlüssel war: Die letzte Chance, eine Spur zum Syndikat zu finden. Dann ging er hinein.

Charles saß aufrecht in seinem Bett. „Da bist du, Junge. Auch wenn du mein Leben gerettet hast, mach dir keine Illusionen. Ich werde dich nie an der Seite meiner Tochter akzeptieren."

Rick stellte sich neben ihn. „Tut mir leid, dass Ihre Milan-Sammlung zerstört wurde."

Charles lachte spöttisch. „Glaubst du wirklich, dass ich solch wichtige und seltene Relikte einfach so in meinem Büro stehen hätte? Das waren alles nur Fälschungen. Die

Originale sind sicher verwahrt."

Rick wurde wieder einmal von Cunnings überrascht.

„Sagen Sie mir, was Sie über das Syndikat wissen und wo ich es finden kann." Rick blieb eisern.

Cunnings aber winkte ab. „Du weißt nicht, mit wem du dich da anlegen willst, Junge."

Rick lächelte. „Sehen Sie es doch positiv. Wenn ich weg bin auf der Suche nach dem Syndikat, dann bin ich auch weit weg von Ihrer Tochter."

Cunnings kam daraufhin ins Grübeln. Die Verlockung war zu groß, wollte er den Jungen doch loswerden. Er wusste um die Gefährlichkeit des Syndikats, vielleicht würde es seine Probleme für ihn lösen. „Was bietest du mir noch für diese Information? Dein Weggang ist mir zu wenig."

Rick griff in seine Hosentasche. Er holte etwas heraus und legte es Cunnings auf seinen Betttisch. Cunnings konnte nicht fassen, was er da sah. Es war die Milan-Münze aus dem Besitz von Ricks Mutter Ann.

„Na gut, ich gebe dir, was du suchst. Du musst nach Blu

Harbor reisen. Dort gibt es einen Mann namens Gustav Pierson. Er ist ein Mitglied des Syndikats. Durch ihn kommst du an deine Informationen. Aber sei gewarnt: Der Feind, mit dem du dich da anlegen willst, der spielt in einer anderen Liga. Das sind keine Hafenschläger oder Luftpiraten. Das ist eine Terrororganisation mit Kontakten in die höchsten Positionen."

Rick schob die Münze in Cunnings' Richtung und bedankte sich. Dann ging er. Er hatte wieder ein Ziel – eine Mission, die ihn näher zu der Wahrheit führen konnte. Vor der Tür wartete Rebecca ungeduldig auf ihn. Sie sah in seinen Augen, dass sie ihn ziehen lassen musste.

„Wenn du mich verlassen musst, dann ohne großen Abschied und ohne den Schmerz, der daraus folgt", sagte sie mit gläsernen Augen. Sie wusste, dass er gehen musste, und wollte ihn nicht länger aufhalten. Sie versprach ihm, dass sie auf ihn warten würde. Das war sie ihm schuldig. Sie küsste Rick ein letztes Mal, dann verabschiedete er sich und ging.

In der Werkstatt wartete Tom schon ungeduldig auf Rick und konnte kaum seine Rückkehr abwarten. Dann war er endlich wieder da und erzählte, was in der Klinik geschehen war, auch von der Spur nach Blu Harbor. Tom fand es riskant und gefährlich, aber auch er wusste, dass er Rick gehen lassen musste.

„Pass auf meine Mutter auf, solange ich weg bin."

Tom nahm ihn in den Arm und versprach ihm, sich um Ann zu kümmern. Außerdem sollte er ein Auge auf Rebecca haben. Tom nickte ihm zu.

Dann kam Jonathan in die Werkstatt. „Du weißt schon, dass du nicht allein nach Blu Harbor reist, oder?"

Rick freute sich, seinen Freund zu sehen und auch, dass dieser ihn begleiten würde. Zusammen mit Tom organisierten sie alles für die Reise und bereiteten sich vor. Nach zwei Stunden waren sie bereits abreisefertig, aber vorher ging Rick noch nach Hause, um sich von seiner Mutter zu verabschieden.

Unter Tränen ließ Ann ihren Sohn ziehen. Sie wusste, dass es das Beste war und dass er auf sich aufpassen konnte. Er versprach ihr, bald wiederzukommen. Dann umarmten sie sich ein letztes Mal und Rick ging durch die Tür.

Jonathan wartete bereits vor dem Haus. Mit dem Taxi fuhren sie zum Hafen, wo ein Schiff auf sie wartete.

Mit diesem machten sie sich auf eine zwei Wochen lange Fahrt nach Blu Harbor auf. Das Schiff legte kurz nach ihrem Betreten ab und sie blickten ein letztes Mal auf Haven Port, das nach und nach immer kleiner wurde und bald völlig am Horizont verschwunden war. Die Unterkunft an Bord war nicht gerade luxuriös, aber es reichte für die zwei vollkommen aus. Es war eine schlichte kleine Kabine mit zwei einfachen Betten. Die meiste Zeit der Reise verbrachten sie in der Kabine. Sie überlegten sich, wie sie am besten vorgehen sollten, sobald sie in Blu Harbor eintrafen. Tom hatte ihnen die Adresse eines Hotels notiert, zu dem sie zuerst gehen konnten, um dort ihre Sachen zu verstauen. Mehr als den Namen Gustav Pierson hatten sie nicht. Also mussten sie sich durch die Stadt fragen, um den gesuchten Mann zu finden. Dadurch könnten aber wiederum ihre Feinde ratzfatz auf sie aufmerksam werden. Jonathan machte Rick klar, dass es jetzt ernst werden würde. Sie wollten eine gefährliche Organisation finden. Rick war sich seiner Sache sicher. Er musste wissen, warum er auf dem

Weg nach Haven Port war, warum das Syndikat ihn ermorden wollte und was er die letzten zwei Jahre nach seinem angeblichen Segelunfall getan hatte. Aber auch quälte ihn die Ungewissheit, was mit seinem Vater nach dem Unfall geschehen war. Ob er sofort starb oder noch eine Zeitlang am Leben war. Ob sie vielleicht sogar noch nach dem Unfall zusammen gewesen waren. Am schlimmsten fand er jedoch, dass er keinerlei Erinnerungen an seinen Vater hatte. Er wusste nichts über ihn. Seine Mutter Ann sprach auch nur selten über ihn. Er hatte das Gefühl, dass die Erinnerungen sie immer noch schmerzten.

Die restliche Zeit der Fahrt nutzten sie, um zu trainieren. Sie mussten körperlich in Bestform sein, um es mit jeder Gefahr aufnehmen zu können. Jonathan war immer wieder aufs Neue von Ricks körperlichen Kräften und seiner Ausdauer begeistert. Sie motivierten sich gegenseitig zu Höchstleistungen. Durch Tom hatte Rick neue Meditationsübungen gelernt, die ihm dabei halfen, seine Fähigkeiten weiter zu kanalisieren und kontrollieren zu können.

Kapitel 12: Blu Harbor

Endlich erreichten sie nach langer Reise den Hafen von Blu Harbor. Es war der Morgen des 31. August 1999, als sie ankamen. Blu Harbor war größer als Haven Port. Es lag zwar auch direkt am Meer, besaß jedoch nur wenige Wolkenkratzer. Viele kleine Häuser mit Bächen und Kanälen zogen sich durch die Stadt. Der Hafen war voller Menschen, die sich vor den Geschäften aufhielten und an der Promenade unterwegs waren. Es war ein heißer Tag und die Jungs waren bereit für ihr Abenteuer in einer neuen, ihnen fremden Stadt. Ihr erstes Ziel war erst einmal, das Hotel zu finden. Doch dazu mussten sie sich erst orientieren, da das Hafenviertel um einiges größer war als das in Haven Port. Als sie so an der Promenade entlangliefen, sahen sie ein paar Straßenpläne, die an einem Stand ausgelegt waren.

„Oh Mann, das gleicht ja einem Labyrinth. Wie sollen wir da das Hotel finden?", seufzte Jonathan. Er war bereits nach wenigen Minuten überfordert.

Doch Rick beruhigte ihn wieder. Sie waren gerade erst

angekommen, es war sehr heiß und sie waren hier fremd. Er versicherte ihm, dass alles schon gut gehen würde. Sie sprachen ein paar Menschen an und fragten nach dem Weg. Nach etlichen Versuchen hatten sie endlich jemanden gefunden, der ihnen eine gute Wegbeschreibung geben konnte. Nach weiteren Minuten Fußweg erreichten sie schließlich das Hotel.

Es war kein Hilton, aber es reichte zum Schlafen. Der Portier, ein stinkender, versoffener Halsabschneider, gab ihnen die Schlüssel für ihr Zimmer. Gegen eine kleine Bezahlung gab es keine Namen und keine Fragen. So konnten die zwei unbemerkt ihrer Suche nachgehen. Ihr erster Anhaltspunkt war das örtliche Telefonbuch. Nach intensiver Suche fanden sie jedoch niemanden mit dem Namen Gustav Pierson. Also machten sie sich auf den Weg nach draußen, auf die Straße, ins Getümmel der Stadt. Was sie allerdings nicht ahnen konnten: Sie wurden bereits in der Stadt erwartet und standen seit ihrer Ankunft unter Beobachtung. In den Straßen wimmelte es von Menschen, die von einem Geschäft ins nächste stürmten. Die Menschen holten sich im Blu-Café einen Coffee-to-go, kauften frisches Gemüse im „Harbor vegetable Center" oder gingen in einen der vielen Süßwarenläden. Das Tagesgeschäft boomte an diesem Tag. Besonders das eine Woche zuvor neu eröffnete Sushi-Restaurant lockte die Menschen in Scharen an. Es war das erste Restaurant seiner Art in der Stadt und fand bereits nach der Eröffnung großen Anklang. Rick und Jonathan mussten sich durch die Menschenmassen kämpfen, um voranzukommen.

„Hey Rick, schau mal, da ist eine Bar!" Jonathans Augen leuchteten. Darauf wartete er schon die ganze Zeit, endlich ein kühles Bier die Kehle runterzuspülen. Rick musste lachen. Diese Unbeschwertheit tat ihm gut, sie konnte ihn etwas entspannen und herunterfahren. Also betraten sie die Bar und setzten sich direkt an den Tresen.

„Meister, zwei Flaschen von Ihrem besten Bier", sagte Jonathan und knallte zehn Dollar auf den Tresen.

Der Barkeeper nickte zustimmend und holte zwei Flaschen unter dem Tresen hervor. „Zwei Blu Star Pale Ale. Cheers, meine Herren."

Die Flaschen stießen aneinander und leichter Schaum

lief über den Flaschenhals hinaus. Jonathan genoss das kühle Bier im Gegensatz zu Rick, der nicht aufhören konnte, über das nachzudenken, was noch vor ihnen lag. Jonathan spürte Ricks Unbehagen und wusste, er musste seinem Kumpel helfen. Also sprach er den Barkeeper erneut an, um ihn nach Gustav Pierson zu befragen. Dieser konnte zwar mit dem Namen nichts anfangen, nannte ihm aber eine Adresse einer bekannten Detektei in Blu Harbor, die bei der Suche eine große Hilfe sein könnte. Er gab ihnen den Namen und die Adresse: Dalton & Parker Privatdetektive.

„Archibald Dalton ist ein alter Hase im Detektivgeschäft. Der macht den Job schon vierzig Jahre lang und kann jeden finden. Sein Partner Ray Parker ist erst seit zwei Jahren hier in Blu Harbor, hat sich aber bereits einen beachtlichen Ruf in der Branche aufgebaut", erzählte der Barkeeper.

Er schwärmte geradezu von dieser Detektei, was allerdings auch verständlich war, denn die Detektive hatten doch seine untreue Gattin überführt, die ihn um Tausende von Dollar betrügen wollte. Rick war von der Idee eines Detektivs überzeugt und stimmte Jonathans Vorschlag zu, die

Detektei aufzusuchen. Die beiden kippten ihr Bier runter und machten sich auf den Weg.

Vor ihnen lag ein etwa zehnminütiger Fußweg. Allerdings war es ein schöner warmer Tag und die zwei hatten seit Langem mal wieder richtig gute Laune. Die Detektei lag sehr zentral und stach sofort ins Auge. Leider war die Eingangstür abgeschlossen und es befand sich niemand im Gebäude.

„Mist, was machen wir jetzt?" Jonathan versuchte noch einmal die Tür zu öffnen. Leider ohne Erfolg. Es hing auch kein Hinweis, wann wieder geöffnet war. Also mussten die beiden gezwungenermaßen abwarten. Rick schlug das Restaurant genau gegenüber vor. So konnten sie endlich was Richtiges essen und auch den Eingang der Detektei im Auge behalten. Nach einer halben Stunde waren sie zwar satt, aber an der Tür hatte sich noch immer nichts getan. Dann wurden sie plötzlich angesprochen.

„Ihr zwei sucht also einen Detektiv?"

Erschrocken drehten sie sich um und erblickten einen älteren Mann, ungefähr Mitte fünfzig. Er stellte sich ihnen als Archibald Dalton vor und erklärte, er habe durch seinen guten Freund, den Barkeeper, von zwei potenziellen Kunden gehört. Rick war erstaunt. Er war sich aber sicher, dass der Mann wirklich qualifiziert war und bot ihm einen Platz am Tisch an. Dalton bedankte sich und setzte sich zwischen die beiden. Er erklärte ihnen, was er in der Stunde verlangte und wie er vorgehen würde. Rick war zwar über den Preis etwas erstaunt, aber Tom und Ann hatten ihm Geld zur Verfügung gestellt für genau solch einen Fall. Dalton war einverstanden und wurde dann direkt von Rick über den Auftrag informiert. Viele Informationen und Hintergrunddetails behielt er für sich, aber Dalton konnte auch nur mit dem Namen der Zielperson arbeiten.

„Ich stimme mich kurz mit meinem Partner Parker ab, der zurzeit noch in einer anderen Stadt an einem Fall arbeitet. Anschließend leg ich direkt los.“

Rick war zuversichtlich, dass Dalton erfolgreich sein würde. Dalton ging nach dem Gespräch in sein Büro und durchforschte seine Kontakte. Er erhoffte sich, vielleicht jemanden zu finden, der ihm bei der Suche nach Gustav Pierson weiterhelfen konnte. Rick hatte ihm zuvor deutlich gemacht, dass Pierson wohl in kriminelle Machenschaften verstrickt war. Er überlegte, wen er in der Szene kannte, der ihm helfen konnte. Da kam ihm der Dealer Snatch in den Sinn. Abends war Snatch immer an der Hafenpromenade unterwegs. Genau da wollte Dalton starten. Bevor er ging, öffnete er noch mit einem kleinen Schlüssel die unterste Schublade seines Bürotisches und holte eine Pistole raus, die er sich mit einem Halfter um die Schultern band. Anschließend zog er sich noch ein Hemd darüber, damit man die Waffe nicht sehen konnte, dann verließ er das Gebäude.

Die Sonne ging gerade unter, als Dalton am Hafen ankam. Die meisten Bürger und Touristen waren bereits auf dem Heimweg und am Hafen war nicht mehr allzu viel los. Er wusste genau, wo sich die illegalen Geschäfte der Stadt abspielten, und zu einigen Kriminellen hatte er auch immer gute Beziehungen unterhalten. So wie etwa zu Snatch, der wie jeden Abend am Pier stand und seine Drogen vertickte. Snatch kannte jeden in der Stadt und wusste meistens von allerlei Geschäften, die so in der Stadt passierten. Dalton wartete, bis Snatch seinen letzten Kunden bedient hatte, dann ging er zu ihm rüber. „Snatch, wie laufen die Geschäfte? Ich brauch eine Info von dir, kennst du einen Gustav Pierson?"

Snatch freute sich immer, wenn er Dalton sah, denn dieser bezahlte immer sehr gut für Infos. Leider konnte er ihm dieses Mal nicht helfen, denn den Namen Gustav Pierson hatte er noch nie gehört. Dalton steckte ihm trotzdem 20 Dollar zu und ging weiter. Das war wohl nichts, dachte er sich und überlegte sich seine nächsten Schritte.

Rick und Jonathan waren derweil zurück in ihrer Unterkunft und machten sich etwas frisch. Jonathan hatte es endlich fertiggebracht, das kleine Radio in ihrem Zimmer zum Laufen zu bringen. In den Nachrichten wurde von dem Piratenangriff auf Haven Port berichtet und den Nachwirkungen, die er auf die Wirtschaft hatte. Außerdem wurde erwähnt, wie sich das Leben der Bewohner allmählich wieder normalisieren würde und dass die Sanierung der Stadt gut vorankam. Rick dachte an Rebecca und ob es ihr gut ginge. Im Anschluss an die Nachrichtensendung starteten die Charts und bei guter Musik entspannten sich die zwei erst einmal.

Kapitel 13: Der Schlangenmörder

Dalton rief seinen Kontakt bei der Polizei an und fragte nach Gustav Pierson. Tatsächlich kannten sie den Namen. Gerade am Abend zuvor hatten sie eine Leiche gefunden, bei der es sich wohl um die gesuchte Person handelte. Dalton organisierte einen Besuch bei dem Leichenschauhaus, bei dem er auch einige Kontakte hatte. So konnte er eine inoffizielle Begutachtung der Leiche aushandeln. Unverzüglich informierte er Rick darüber und dass er ihn und Jonathan in einer Viertelstunde abholen würde, um mit ihnen gemeinsam zum Leichenschauhaus zu gehen. Rick bedankte sich und machte sich sofort zusammen mit Jonathan fertig. Er konnte es nicht glauben, dass die gesuchte Person tot war. Das konnte kein Zufall sein.

Nachdem Dalton sie abgeholt hatte, brachte er sie zu dem Leichenschauhaus, wo sie den Hintereingang betraten und vom Leichenbeschauer in die Leichenkammer gebracht wurden, nachdem Dalton ihm 100 Dollar zugesteckt hatte.

„Wir haben hier einen interessanten Toten vor uns,

denn dieser Mann wurde mit einem sehr seltenen Gift getötet. Es ähnelt zwar einem Schlangengift, aber es ist keinem uns bekannten Toxinen zuzuordnen. Er war innerhalb von Sekunden tot. Die Polizei verschweigt es zwar, aber das ist bereits der zweite Tote, der auf diese Weise hier in Blu Harbor gestorben ist."

Rick erinnerte sich an die Worte von John, dass Travis ebenfalls mit einem seltenen Gift ermordet wurde. Dalton wollte wissen, ob der Mann irgendetwas bei sich hatte. Der Arzt gab ihnen nur den Ausweis, sonst war die Brieftasche leer. Es handelte sich tatsächlich um Gustav Pierson. Auf dem Ausweis befand sich auch die Adresse seines Wohnsitzes. Rick beschloss, dass sie die Wohnung untersuchen sollten. Dalton war neugierig und versprach ihnen dabei zu helfen. Rick nahm seine Hilfe und Unterstützung dankend an.

Das Apartment lag am Stadtrand in einer zwielichtigen Gegend. Im Handumdrehen konnten sie sich Zugang zu der Wohnung verschaffen. Die Polizei war schon vor Ort gewesen, jedenfalls ließ das Absperrband an der Wohnungstür darauf schließen. In der Wohnung schien allerdings niemand gewesen zu sein, weder Schubladen noch Schränke oder sonstige Möbel wurden geöffnet. Es schien, als sei seit Tagen niemand hier gewesen. Dalton zog sich Handschuhe an und gab den anderen auch welche, die sie sogleich anzogen. Sofort bemerkten sie einen säuerlichen Geruch, der in der Luft lag, doch sie konnten die Quelle nicht ausmachen. Bald bemerkten sie auch, dass doch jemand schon die Wohnung durchsucht hatte. Am Computer wurde die Festplatte entfernt und auch aus einem Kalender waren mehrere Seiten herausgerissen. Jonathan untersuchte einen kleinen Lüftungsschacht, da er ein Geheimversteck darin vermutete. Nachdem er das Gitter entfernt hatte und hineingreifen konnte, fand er allerdings etwas Eigenartiges. Es schien die Haut einer Schlange gewesen zu sein.

„Wie kam die bloß da rein?", fragte Rick verwundert.

Dalton hatte schon einige Fälle gehabt in seiner Laufbahn, aber dieser war selbst für ihn besonders. „Schaut mal auf den Boden, seht ihr diese Spuren?" Dalton deutete auf die Schleifspuren auf dem Parkettboden. Es sah aus, als wäre der Schreibtisch bewegt worden. Jonathan und Rick schoben den Tisch nach vorne und entdeckten eine lose Bodenplatte. Darunter befand sich eine Diskette, auf der stand: „Für Pierson – von Peter Clark". Rick steckte die Diskette ein. Anschließend verließen sie rasch die Wohnung, da sie Geräusche im Treppenhaus hörten. Rick wusste noch nicht, ob er sich über den Fund freuen sollte. Aber er war froh, dass sie die Diskette gefunden hatten, bevor sie in die Hände von Piersons Mörder gefallen war. Die drei einigten sich darauf, sich am nächsten Tag in Daltons Büro zu treffen. Dann trennten sie sich, nachdem Rick Dalton seine Bezahlung für den Tag gegeben hatte.

Im Hotel rief Rick sofort Tom an und erzählte ihm von Piersons Tod und dem Fund der Diskette. Tom bat sie, ganz besonders auf die Diskette zu achten und sie so schnell wie möglich an einem Computer einzulesen. Rick fragte ihn auch nach dem Namen Peter Clark. Tom erinnerte sich sofort an ihn. Clark war ein ehemaliger Agent der Sektion Alpha, der laut Johns Informationen Anfang des Jahres in einem Park in Jupiter City ermordet worden war. Die Diskette musste brisante Informationen beinhalten. Deswegen versprach Tom, unverzüglich nach Blu Harbor zu reisen.

Dalton machte es sich unterdessen in der Detektei an seinem Schreibtisch gemütlich. Er nahm die Pistole aus dem Halfter und legte sie auf den Tisch, danach legte er noch seine Füße hoch. Er konnte seine Gedanken nicht abschalten. Wo war er da nur hineingeraten, dachte er sich. Der Fall wurde heiß und er überlegte, ob er ihn abgeben sollte. Er nahm den Telefonhörer und wählte eine Nummer, dann sprach er auf den aktivierten Anrufbeantworter eine Nachricht. „Hier ist Dalton, du solltest unverzüglich herkommen. Ich brauch hier bei einem heiklen Fall deine Unterstützung." Nachdem er den Hörer wieder aufgelegt hatte, lehnte er sich zurück. Doch dann bemerkte er einen beißenden Geruch. Als er sich aufrichtete, um nach seiner Waffe zu greifen, umschlang ihn plötzlich von hinten ein Arm, der sich fest um seinen Hals wickelte. Dalton bekam keine Luft und versuchte die Waffe zu erreichen, kam aber nicht an sie heran. Der Arm umschlang fest seine Kehle und Dalton versuchte nach Luft zu schnappen. Der Mann hinter ihm sagte kein Wort. Nicht einmal eine kleine Reaktion. Dalton versuchte den Arm von seinem Hals zu ziehen. Dieser war sehr schuppenartig und glich der Haut einer Schlange. Dalton keuchte und Blut lief aus seinem Mund heraus. Er wusste, es würde zu Ende gehen, denn es gab keine Chance auf eine Befreiung, da der Angreifer einfach zu stark für ihn war. Er schloss seine Augen und hörte auf, sich zu wehren. Der Angreifer ließ daraufhin etwas Druck ab und lockerte seinen Griff. Plötzlich riss Dalton seine Augen wieder auf und stieß sich mit voller Wucht mit beiden Beinen von seinem Tisch ab. Zusammen mit seinem Angreifer stürzte er heftig zu Boden. Trotzdem hatte er aber keine Zeit zum Verschnaufen, er musste unverzüglich reagieren. Jede Sekunde zählte. Er rappelte sich auf und ging auf den Angreifer los und packte ihn am Kragen. Er zog ihn daran nach oben, in diesem Moment sah er das Gesicht des Mannes und blickte in dessen reptilienartige Augen. Der Mann packte Dalton an den Armen und sah ihm direkt in die Augen, dann öffnete er seinen Mund. Dalton schreckte auf. Der Unterkiefer des Mannes hängte sich knackend aus und klaffte nach unten, dadurch war der Mund enorm weit geöffnet. Dann blitzten zwei zehn Zentimeter lange, spitze Zähne aus dem Oberkiefer hervor, die der Angreifer in Daltons Hals rammte. Daltons Augen weiteten sich. Er konnte seine Arme nicht mehr kontrollieren. Er war wie gelähmt. Alle Nerven in seinem Körper verkrampften sich und sein Blut kochte. Innerhalb von wenigen Sekunden war er tot. Dann ließ der Mann Daltons Körper zu Boden fallen und verließ das Gebäude, um anschließend in der Nacht zu verschwinden.

Der Killer des Syndikats hatte erneut zugeschlagen und Rick ahnte von all dem nichts. Unwissend feierte er zusammen mit Jonathan seinen kleinen Sieg und war motivierter denn je, die Wahrheit ans Licht zu bringen. Im Radio wurde unterdessen in den Spätnachrichten berichtet, dass die letzten flüchtigen Luftpiraten des Haven-Port-Angriffs gefasst wurden. Aus dem Bericht ging auch hervor, dass das CI bereits mit der Sanierung des Hafens begonnen hatte und der Bau der Obdachlosenunterkunft zügig vonstattenging. Rick war froh, dass sich die Stadt von dem Angriff erholte und Charles Cunnings sein Versprechen einhielt. Allerdings vermisste er Rebecca und machte sich Sorgen um sie. Trotz seiner Angst musste er aber fokussiert bleiben. Sie waren schließlich auf einer heißen Spur und es wurde immer gefährlicher für sie. Er musste sich voll und ganz auf das Syndikat konzentrieren.

Nach einer kurzen und unruhigen Nacht – die Wände des Hotels waren sehr dünn und die meisten Gäste nutzen die Räumlichkeiten nur für bestimmte körperliche Aktivitäten – machten sich Rick und Jonathan auf den Weg zur Detektei. Vor dem Büro befanden sich bereits mehrere Streifenwagen, als sie eintrafen. Polizisten hatten das Gebäude abgeriegelt und hielten die Schaulustigen auf der Straße zurück. Rick wusste sofort, dass es mit Dalton und ihrem Fall zu tun hatte, doch die Beamten wollten ihn nicht durchlassen.

Dann kam plötzlich ein Polizist auf ihn zu. „Mr. Parker, gut, dass Sie da sind. Kommen Sie bitte mit."

Rick war verwundert, aber er spielte mit, um so in das Gebäude zu gelangen. Jonathan folgte ihm still und beobachtete das seltsame Schauspiel, das sich ihnen bot. Einige Polizisten grüßten Rick oder sprachen ihn auf seine neue Haarfarbe an. Rick lächelte verlegen und grüßte zurück. Oben angekommen bot sich ihnen ein schlimmer Anblick, denn das Büro war verwüstet und man sah sofort, dass es einen Kampf gegeben hatte. Auf dem Boden lag unter einem Tuch bedeckt die Leiche von Archibald Dalton.

„Ray! Gut, dass Sie so flott hier sein konnten." Ein etwas fülligerer Mann näherte sich Rick. Es war Detective Bronko Tully, der leitende Ermittler.

Rick nickte wieder zustimmend. „Ähm ja, ich habe mich beeilt", stammelte er etwas zurückhaltend.

Tully musterte ihn von Kopf bis Fuß. Irgendetwas schien anders zu sein, dachte er. „Sie haben es bestimmt schon erahnt. Es hat leider Archi erwischt. Es ist eine Schande." Dann ging er in die Hocke und hob das Tuch hoch. Darunter lag Dalton. Sein gesamter Körper schien verkrampft und war von dicken Adern durchzogen. Am Hals erkannte Rick sofort zwei große Wunden. Tully erwähnte, dass sich die Opfer mit denselben Merkmalen langsam häufen würden und dass die Presse schon von dem sogenannten „Schlangenmörder" sprach. Die Mediziner nahmen daraufhin den Leichnam mit. Die Polizei machte noch einige Fotos, während Rick und Jonathan lieber wieder verschwinden wollten, bevor noch auffiel, dass Rick nicht der war, der er vorgab zu sein.

„Wir melden uns, wenn wir was wissen. Ray. Tu nichts Unüberlegtes. Wir wissen alle, wie nahe ihr euch standet."

Rick drehte sich um. Tully stand mit einem verständnisvollen Blick da, aber auch mit sichtbarer Skepsis.

„Ja klar, ich halt die Füße still", flunkerte Rick und machte sich anschließend zusammen mit Jonathan flugs aus dem Staub.

„Das war echt seltsam", beschrieb Jonathan die Situation, während Rick ihm nur zustimmen konnte. Er hatte keine Ahnung, was da geschehen war und warum sie ihn für den Partner von Dalton hielten. Allerdings überschattete der Mord Daltons diese Gedanken und Rick musste schwer mit Daltons Tod kämpfen. Wer war dieser ominöse Schlangenmörder? War es etwa ein Auftragskiller des Syndikats? Das erschien Rick am plausibelsten, immerhin hatten alle Opfer indirekt mit dieser Organisation zu tun. Jonathan gab daraufhin seine Bedenken Rick gegenüber zu. Seiner Meinung nach wurde es langsam sehr gefährlich und sie sollten lieber Ricks Bruder John informieren. Doch Rick wollte diesen Schritt noch aufschieben.

Als sie am Hotel ankamen, wartete bereits Tom auf sie. Rick war froh, ihn zu sehen, denn sie brauchten dringend seine Unterstützung. Vor allem sein technisches Wissen und Verständnis war für sie wichtig. Tom war wegen der Diskette nervös und aufgeregt gewesen. Leider konnten sie noch keinen Blick darauf werfen, da sie keinen Zugang zu einem Computer hatten. In der Detektei befand sich zwar einer, allerdings konnten sie da ohne Weiteres nicht mehr hin. Die beiden erzählten Tom von Daltons Ermordung und dem mysteriösen Schlangenmörder. Tom war sich sicher, dass es sich dabei um einen Auftragsmörder des Syndikats handeln musste. Die Diskette musste sehr wichtige Informationen beinhalten, wenn das Syndikat deswegen einen Killer entsendet hatte. Tom versuchte nochmals, Rick zu überreden, die Nachforschungen aufzugeben, da es zu gefährlich wurde, aber Rick konnte nicht: Er war sich sicher, dass er der Wahrheit ganz nahe war.

Kapitel 14: Wer ist Ray Parker?

Als es Nacht wurde, schlichen sich die drei in die Detektei. Sie mussten irgendwelche Spuren und Hinweise auf den Schlangenmörder finden, um ihm einen Schritt voraus sein zu können. Außerdem wollten sie den dort stehenden Computer nutzen. Die Eingangstür war mit Polizeiband abgesperrt, das Jonathan jedoch einfach entfernte. Mit einem kleinen Dietrich öffnete er die Tür. Drinnen durchsuchten sie die Räume, um irgendwelche Spuren zu finden, die die Polizei eventuell übersehen hatte. Rick spürte etwas, eine Art Präsenz. Es war wieder einer seiner geschärften Sinne, die es ihm erlaubten, Dinge zu fühlen, die für normale Menschen nicht sichtbar waren. Plötzlich entdeckte er Spuren auf dem Boden. Als er näher herantrat, sah er, dass es sich um eine seltsame Substanz handelte. Womöglich Überreste des Giftes, dachte er sich. Vorsichtig tupfte er etwas davon auf und packte es in einen Plastikbeutel. „Das scheint das Gift zu sein. Am besten, wir gehen damit zu einem Experten für Gifte oder einem Schlangenzüchter."

Tom stimmte zu und war sich sicher, im Telefonbuch von Blu Harbor fündig zu werden. Nachdem sie die

Flüssigkeit sichergestellt hatten, nahmen sie sich den Computer vor. Wie Tom allerdings befürchtet hatte, war die Diskette passwortgeschützt.

„Kannst du das Passwort knacken?", fragte Rick.

Tom zögerte. Er wollte nicht sofort zugeben, dass er dazu nicht in der Lage war, musste es aber dann doch eingestehen. Er schlug vor, John um Hilfe zu bitten, was Rick auch sofort tat und seinen Bruder anrief. John wusste nur, dass die ermordeten Ex-Agenten an einem Geheimprojekt namens Phoenix beteiligt gewesen waren. Außerdem bat er Rick, vorsichtig zu sein. Offiziell durfte die WSA bei den Aufklärungen nicht helfen und würde jegliche Beteiligung leugnen. Er warnte Rick eindringlich vor den Gefahren, doch Rick konnte es einfach nicht sein lassen. Tom tippte unterdessen „Phoenix" in das Passwortfeld und tatsächlich wurde die Diskette entschlüsselt. Diese enthielt mehrere Ordner mit geheimen Dateien. Tom fiel zuerst die Datei namens „Alpha-Liste" ins Auge, welche sämtliche Code- und Realnamen aller ehemaligen Agenten der Sektion Alpha beinhaltete. Allein diese Liste in den falschen Händen hätte schon katastrophale Auswirkungen zur Folge. Allerdings enthielten die weiteren Dateien noch viel brisantere Informationen. Das Projekt Phoenix war ein streng geheimes Forschungsprojekt, das bereits vor Jahren von der Sektion Alpha betrieben wurde. Darin ging es um die Möglichkeit, tote Agenten zu klonen, um sie quasi wie der Phoenix aus der Asche wieder auferstehen zu lassen. Das Projekt wurde allerdings rasch wieder eingestampft, nachdem bereits die frühesten Testversuche fehlschlugen. Tom fragte sich, welches Interesse das Syndikat an dem Phoenix-Projekt haben konnte und wieso die ehemaligen Sektion-Alpha-Agenten sterben mussten. Dann plötzlich sah er einen Ordner mit neuesten Aufzeichnungen über das Projekt. Das Syndikat hatte die ehemaligen Agenten und Mitarbeiter der Sektion Alpha angeheuert, um weiter an dem Projekt zu arbeiten, und sie schienen tatsächlich Erfolg gehabt zu haben. Die Diskette enthielt Blaupausen, Baupläne und Details über eine voll funktionsfähige Klon-Maschine, die sich wohl in den Händen des Syndikats befand. Außerdem wurde ein weiteres Projekt erwähnt, Codename Furious Five. Dabei handelte es sich wohl um ein Killerkommando des Syndikats. Tom war zufrieden. Die Diskette bot tatsächlich eine Möglichkeit, dem Syndikat auf die Schliche zu kommen.

„Ich muss diese Dateien unverzüglich zu John bringen, damit die WSA die Daten auswerten kann."

Rick stimmte ihm zu. Bei der WSA, vor allem bei John, waren die Dateien ohnehin in besseren und auch in sicheren Händen. Rick erhoffte sich jedoch, mehr Informationen über die Hintergründe seines Absturzes zu finden, und war in diesem Moment etwas enttäuscht. Tom versprach ihm allerdings, dass sie durch die Diskette auch die Hintergründe über seinen Absturz herausfinden könnten. Jonathan drängte indes, dass sie die Detektei wieder verlassen mussten. Tom nahm die Diskette aus dem Laufwerk und steckte sie in seine Tasche, dann machten sie sich auf den Weg zur Haustür.

Plötzlich stand ein Mann vor ihnen. Er leuchtete sie mit einer Taschenlampe direkt an, sodass sie ihn nicht sehen konnten. „Was macht ihr hier?", schrie er sie an. Seine Stimme klang leicht zittrig, aber bestimmt. Dann schaltete er die Lampe aus und trat vor die erstaunten Anwesenden. Der junge Mann glich Rick bis ins kleinste Detail. Allerdings hatte er hellbraunes anstelle von schwarzem Haar.

„Unglaublich", stammelte Tom. Mehr bekam er in

diesem Moment nicht heraus.

Aber auch Rick war fasziniert. Er trat vor den Unbekannten und es schien, als würde er in einen Spiegel blicken. Auch der unbekannte Doppelgänger war darüber schockiert, wen er da gerade vor sich sah.

„Wer seid ihr und was macht ihr hier?"

Der junge Mann hakte nochmals nach, diesmal aber weniger bestimmt.

„Wir können alles erklären, aber dazu sollten wir uns erst einmal beruhigen."

Tom versuchte die Situation zu entspannen und tatsächlich ging der Mann darauf ein, war er doch ebenso mit den Vorkommnissen überfordert wie die anderen.

Rick erklärte, warum er und Jonathan in Blu Harbor waren und dass sie Archibald Dalton um Unterstützung gebeten hatten. Er erzählte auch, dass Dalton wohl von dem Auftragskiller des Syndikats ermordet wurde. Der Unbekannte stellte sich wiederum als Ray Parker heraus, Daltons Partner. Tom konnte einen unbekannten Zwillingsbruder Ricks ausschließen, wollte aber mehr über Ray erfahren, um sich sicher sein zu können. Dieser erzählte, dass er vor zwei Jahren ohne Erinnerungen an den Strand von Blu Harbor gespült wurde und nach einem langen Kran- kenhausaufenthalt die Hilfe von Archibald Dalton in An- spruch genommen hatte. Nach und nach wurde Dalton dann eine Art Ziehvater und Mentor für ihn. Irgendwann nahm er dann den Namen Ray Parker an und arbeitete in Daltons Detektei, bis er zu seinem offiziellen Partner wurde. Tom wurde stutzig. Genau vor zwei Jahren verschwand Rick bei einem Segelausflug. War es möglich, dass es sich bei Ray Parker womöglich um den echten Rick Sky han- delte? Immerhin hatte Rick ursprünglich tatsächlich hell- braunes Haar gehabt. Dann plötzlich fielen ihm die Daten der Diskette über die geheimen Klon-Experimente ein. War der abgestürzte Rick vielleicht ein Klon? Er überlegte sich, ob das Ganze vielleicht ein Plan des Syndikats war, der so verhindern wollte, dass die Wahrheit ans Licht kam. Des- wegen ließen sie vielleicht auch Ricks Flugzeug abstürzen. Rick brach unter diesen neuen Entwicklungen zusammen. Konnte es wahr sein? War er nichts weiter als die Kopie eines Menschen, nur ein Experiment einer geheimen Orga- nisation? Er musste über seine ungewöhnlichen

Fähigkeiten und Kräfte nachdenken. Es ergab alles tatsächlich Sinn. Er konnte kein normaler Mensch sein. Die Situation überforderte Rick. Er verließ das Gebäude, um frische Luft zu schnappen. Tom ließ ihn gehen, er war selbst schockiert über die Ereignisse und die jüngsten Geschehnisse. Vorerst wollte er Ann aber nicht über die Ereignisse informieren.

Rick stand vor der Detektei und versuchte seine Gedanken zu sortieren. Konnte dieser Ray Parker tatsächlich der echte Rick Sky sein - und wer oder was war dann er? Etwa nur ein Experiment, das man beseitigen wollte, bevor die Welt davon erfahren würde? Die Situation überstieg seinen Horizont und seine Nerven lagen blank. Dann kam Jonathan zu ihm nach draußen, er sagte jedoch kein Wort. Er legte nur seine Hand auf Ricks Schulter. Diese kleine Geste hatte eine große Wirkung, denn sie baute Rick wieder auf. Er wusste, sein Freund stand hinter ihm und würde ihn immer unterstützen.

„Was denkst du, Rick?" Jonathan machte sich Sorgen um seinen Freund.

Für einen Moment sammelte sich Rick und wirkte kurz

darauf wieder gefasst. „Wir gehen wieder da rein und versuchen an dieses verdammte Syndikat heranzukommen."

In Ricks Augen blitzte neuer Eifer auf. Er wollte mit aller Macht die Hintergründe und vor allem die Wahrheit über sich selbst ans Licht bringen. Zusammen mit Ray beschloss die Gruppe, auf die Jagd nach dem sogenannten „Schlangenmörder" zu gehen. Sie waren sich sicher, dass dieser noch in Blu Harbor sein musste und wahrscheinlich auch schon hinter ihnen her war. Ray wollte Rache für den Mord an seinem Mentor und versprach deswegen seine volle Unterstützung. Ebenso wollte er die Wahrheit über sich und seinen Doppelgänger Rick herausfinden.

Tom rief die Anwesenden zur Besonnenheit auf. Sie alle mussten einen klaren Kopf behalten, um Fehler zu vermeiden. Immerhin wollten sie sich mit einer Verbrecherorganisation anlegen und einen Auftragsmörder jagen. Tom schlug vor, dass er die Diskette zu John und zur WSA bringen würde, was alle Beteiligten für einen guten Plan hielten. In Blu Harbor waren die Daten nicht sicher und in ständiger Gefahr, dem Syndikat in die Hände zu fallen. Außerdem mussten sie sich voll und ganz auf den Schlangenmörder konzentrieren. Sie konnten nicht ständig die Sicherstellung der Diskette gewährleisten.

Ray ließ seine Kontakte vor Ort spielen, um Toms sichere Reise nach New York zu gewährleisten. Bereits am frühen Morgen wurde er von mehreren Polizisten zu einem kleinen Flugplatz gebracht, wo er mit einer kleinen Privatmaschine ausgeflogen wurde. Um viele lästige Fragen zu vermeiden, wurde Rick offiziell als Rays Zwillingsbruder präsentiert. Die Polizei gab die Detektei indessen wieder frei und überreichte Ray sämtliche gesammelten Beweise und Hinweise über den Schlangenmörder. Alle Opfer waren bis auf Archibald Dalton ehemalige Agenten der Sektion Alpha. Das Syndikat wollte ihrer Meinung nach unter allen Umständen die Existenz ihrer Klonmaschine geheim halten. Sollte Rick also tatsächlich ein Klon sein, wäre er der Beweis für solch eine Maschine und dadurch in ständiger Gefahr, da er eine Bedrohung für das Syndikat darstellte. Rick sah das allerdings auch als Chance. Er war der perfekte Köder, um den Schlangenmörder hervorzulocken. Die drei Männer schlossen vor ihren Ermittlungen einen Pakt. Der Schlangenmörder sollte lebend gefasst werden, um dann der WSA überstellt zu werden, damit sie so an die Hintermänner des Syndikats gelangen konnten. Für Rache wäre kein Platz, mahnte Rick vor allem Ray. Dieser versprach, professionell zu handeln und seine persönlichen Gefühle aus dem Spiel zu lassen. Allerdings nagte der Verlust Daltons sehr an ihm. Nachdem er ohne jegliche Erinnerungen in Blu Harbor angekommen war, fühlte er sich damals völlig verloren und allein. Er hatte niemanden gehabt. Dalton nahm ihn auf, brachte ihm alles bei und unterstützte ihn. Er war es Dalton mehr als schuldig, dessen Mörder zu fassen. Rick wusste genau, wie sich Ray gefühlt haben muss, so wie auch er es tat direkt nach seinem Absturz. Die Männer spürten eine tiefe Verbundenheit zueinander, auch wenn sie sich erst kennengelernt hatten. Sie waren im Geiste miteinander verbunden. Jonathan war skeptisch gegenüber dem guten Verhältnis der beiden Doppelgänger.

Tage vergingen und die drei durchwälzten Berge von Beweismitteln. Tom war währenddessen gut in New York bei der WSA angekommen und konnte dort die Diskette an John übergeben. Dieser wiederum leitete alle

Informationen, die inzwischen die WSA über den Schlangenmörder gesammelt hatte, an Rick weiter. Über die Identität des Killers war nichts bekannt. Allerdings war er schon länger aktiv und galt als äußerst gefährlich. Tom hatte auch die Probe des Giftes bei sich und übergab sie an die Wissenschaftler der WSA. Die besten Forscher versuchten ein Gegengift gegen das seltene Giftserum des Schlangenmörders zu finden. Allerdings bestand wenig Hoffnung auf Erfolg. Das stellte ein erhebliches Risiko dar, denn sollte es zur Konfrontation mit dem Schlangenmörder kommen, so standen sie ohne einen Schutz vor seinem Gift da. In Daltons Schreibtisch befand sich eine Pistole, die Ray an Jonathan übergab, da er der Älteste von ihnen war, aber auch der Einzige, der im Umgang mit Waffen Erfahrung hatte. Durch John erfuhren sie auch, dass das Syndikat wohl in Blu Harbor auch seinen Geschäften nachging und dort agierte. Vor allem im Finanzbezirk hatte die Organisation ihre Finger im Spiel. Ray hatte dort seine Kontakte, vor allem durch Dalton. Er wollte versuchen, einen Kontakt herzustellen, um irgendwie Informationen sammeln zu können. Ihr Hauptziel blieb allerdings der Schlangenmörder. Sie feilten lange an einem Plan, bis Jonathan schließlich vorschlug, einfach auf die Straße zu gehen, da sich der Mörder schließlich noch in der Stadt befinden musste. Ray kannte die Stadt wie seine Westentasche, jeden zwielichtigen Ort, und auch er hatte wie Dalton Kontakte zu einigen Dealern und Kriminellen.

Kapitel 15: Die Schlange und ihre Beute

Die Sonne war gerade erst untergegangen, als die drei jungen Männer auf den Marktplatz der Stadt gingen. Dort schlichen nachts einige zwielichtige Personen herum, die nach Rays Meinung vielleicht nützliche Hinweise und Informationen liefern konnten. Tagsüber war die Stadt voll von Menschen und wunderschön, doch in der Nacht glich sie einer Geisterstadt. Nur in den Ecken sah man Menschen, vorwiegend Obdachlose und Drogenabhängige. Dann entdeckte Ray ein bekanntes Gesicht, den Drogendealer Snatch, der zuvor schon Daltons erste Anlaufstelle gewesen war. Snatch wirkte sichtlich nervös, als sie auf ihn zukamen. Ray war skeptisch, normalerweise war Snatch sehr offen und jederzeit bereit, gegen Bezahlung Informationen preiszugeben. Doch dieses Mal schien er vor der Begegnung Angst zu haben. Kurz bevor sie bei ihm waren, rannte dieser plötzlich wie der Teufel los.

Jonathan nahm sofort die Verfolgung auf, während Ray über die Reaktion überrascht war. Nach wenigen Metern konnte Jonathan Snatch bereits einholen und warf ihn gegen eine Wand. „Wohin so eilig?", fragte er den nervösen

Snatch, während Ray und Rick dazukamen.

„Ray, ich hatte dich gar nicht gleich erkannt", stammelte Snatch.

Ray glaubte ihm jedoch kein Wort, er hatte die Angst in seinen Augen gesehen. Er ahnte sofort, dass Snatch etwas wusste. Jonathan drückte diesen fester gegen die Wand und drohte ihm wehzutun, wenn er nicht auspacken würde.

„Ich wollte das nicht, ich wollte das nicht", stammelte Snatch. „Dieser Kerl bot mir das neueste und abhängig machende Zeugs an, das ich je gesehen hatte. Ich musste dafür nur Dalton an ihn verraten."

Ray konnte es nicht fassen. Nachdem Dalton bei Snatch gewesen war, um an Informationen zu kommen, hatte dieser ihn an den Schlangenmörder verraten. Ray ging auf Snatch los und packte ihn wütend am Hals. Dalton war immer fair zu Snatch gewesen. Er hatte ihn stets gut entlohnt und dieser hinterging ihn einfach. Rick packte daraufhin Ray am Arm, zog ihn zurück und beruhigte ihn. Ray wusste, er musste einen klaren Kopf bewahren. Rick befragte anschließend Snatch, wo sie den Schlangenmörder finden konnten, doch der erwiderte nur. „Ihr könnt ihn nicht finden, er findet euch." Snatch lächelte wahnsinnig. Dann ließen sie ihn gehen, da er ihnen keinen Nutzen mehr brachte. Snatch machte sich sofort aus dem Staub und verschwand hinter der nächsten Straßenecke.

Jonathan schlug den anderen daraufhin vor, sich erst einmal in einer Bar zu entspannen. Sie stimmten widerwillig zu. Nach den ersten drei Bier beschloss Jonathan kurz die Bar zu verlassen, um sich eine Schachtel Zigaretten zu gönnen. Er hatte zwar vor einiger Zeit aufgehört, doch nach den letzten Vorkommnissen konnte er eine gebrauchen. Der nächstgelegene Supermarkt war glücklicherweise direkt um die Ecke, war aber bereits am Schließen. Jonathan konnte sich durch seinen Charme noch Zugang verschaffen, während weitere Kunden bereits den Laden verließen. Der junge Kassierer war nervös und wollte den Laden so schnell wie möglich schließen. Ungeduldig wartete er an der Kasse auf Jonathan. In der Tabakabteilung war dieser indessen damit beschäftigt, die richtige Marke zu finden. Dann merkte er, dass jemand hinter ihm stand. Gerade als er sich umdrehte, sah er Snatch, wie dieser mit einem

Messer auf ihn einstechen wollte. Blitzschnell konnte Jonathan reagieren und gerade noch verhindern, dass die Klinge seinen Körper traf. Fest umklammerte er Snatchs Arme und versuchte ihn zurückzudrücken, während dieser mit aller Gewalt dagegenhielt. Snatch blickte direkt in Jonathans Augen. Dieser konnte die Angst und den Hass in Snatchs Augen sehen.

„Du glaubst, ich lass mich einfach so von einem Arsch wie dir bedrohen und einschüchtern?", schrie Snatch, während er umso fester zudrückte. Die Klinge begann sich unaufhaltsam in Jonathans Körper zu bohren, doch dieser verzog keine Miene. Er blickte stattdessen weiter fest in Snatchs Augen. Dann blinzelte er kurz, wartete auf Snatchs kurze, verwirrte Reaktion und riss dann dessen Hände um, bis ein Knacken ertönte und das Messer zu Boden fiel. Snatch schrie und ging in die Knie. Jonathan hatte ihm beide Handgelenke gebrochen. Gerade als er sich zu Snatch hinunterbücken wollte, ging das Licht in dem Supermarkt aus. Dann hörte er den Kassierer aufschreien. Das Geschäft war stockdunkel, nur der Notstrom versorgte ein paar kleine Lichter noch mit Strom, sodass Jonathan

wenigstens ein paar Umrisse erkennen konnte. Die Laternen auf der Straße gaben ihr Übriges. Jonathan ging vor
zur Kasse, doch dort fand er nur noch die Leiche des Kas-
sierers vor. Am Hals befanden sich zwei Einstichlöcher. Jonathan erkannte sofort, dass der Schlangenmörder in dem
Geschäft war. Langsam zog er die Waffe aus seiner Hose
und entsicherte sie. In der Aufregung hatte er Snatch vergessen. Plötzlich hörte er dessen Schmerzensschreie. Jonathan konnte nichts mehr tun. Er musste mitansehen, wie
die mysteriöse Gestalt ihre Zähne in Snatchs Hals schlug.
Jonathan zielte mit der Waffe auf den Schlangenmörder,
der Jonathan bemerkte und Snatchs leblosen Körper fallen
ließ. Jonathan drückte daraufhin ab und feuerte zwei
Schüsse auf den Killer ab, der blitzschnell hinter den Rega-
len in Deckung ging. Jonathan erkannte, dass er es mit keinem Menschen zu tun hatte. Die Bewegungen glichen eher
einem Tier. Vorsichtig ging er den Gang entlang und versuchte jede Richtung im Auge zu behalten. Er konzentrierte
sich auf jedes noch so kleine Geräusch. Plötzlich sah er einen Schatten hinter sich. Jonathan konnte es nicht fassen.
Wie konnte sich der Killer so an ihn heranschleichen? Er
hatte ihn absolut nicht kommen hören. Als er sich

umdrehte, versetzte der Killer ihm einen heftigen Hieb, der ihn gegen das Regal schleuderte, worauf dieses zusammenkrachte. In Folge dieses Sturzes glitt ihm die Pistole aus den Fingern und schlitterte über den Boden des Supermarkts in die nächste Ecke. Jonathan versuchte sich aufzurappeln, war aber noch schwach auf den Beinen. Dann stand der Schlangenmörder direkt vor ihm und er konnte ihn genauer betrachten. Vor ihm stand ein fast zwei Meter großer Mann mit reptilienartigen Augen und schuppiger Haut. Seine Finger waren lang und dünn, dazu lange scharfe Fingernägel, die eher den Krallen eines Raubtieres ähnelten. Jonathan lag hilflos auf dem Boden und konnte nur darauf warten, was der Schlangenmörder als Nächstes tun würde. Dieser grinste diabolisch und schritt lautlos auf Jonathan zu, dabei öffnete er seinen Mund und die riesigen Schlangenzähne fuhren allmählich aus seinem Oberkiefer heraus. Jonathan rechnete bereits mit seinem Ende, als er Rays und Ricks Stimmen hörte, die kurz darauf das Schaufenster einwarfen und in den Laden stürmten. Der Schlangenmörder ergriff daraufhin schnell die Flucht und verschwand in der Dunkelheit.

Rick eilte zugleich seinem Freund zur Hilfe und half ihm beim Aufstehen. Bis auf einige Kratzer kam Jonathan noch einmal glimpflich davon. Die näherkommenden Sirenen kündigten die Ankunft der Polizei an. Ray schlug daher vor, sich so schnell wie möglich aus dem Staub zu machen, um ungestört die Verfolgung aufnehmen zu können. Durch den Hinterausgang verließen sie das Geschäft und machten sich auf den Weg zur Detektei. Dort erzählte Jonathan den anderen von dem Vorfall in dem Supermarkt und dass er den Schlangenmörder genau sehen konnte. Er berichtete ihnen auch davon, dass dieser tatsächlich mehr einer Schlange als einem Menschen glich.

Kapitel 16: In der Höhle des Monsters

Unterdessen hatte die WSA einen Teil der Dateien der Diskette auswerten und Hinweise auf die Identität des Schlangenmörders sicherstellen können, die John unverzüglich an Rick weitergab. Demnach handelte es sich wohl bei dem Schlangenmörder um den 41-jährigen Carl Craves, Deckname „Snake-Bite". Craves stammte wohl aus Blu Harbor. Er war früher ein bekannter Reptilienforscher und Schlangenzüchter gewesen, der sehr zurückgezogen gelebt hatte. Dann verschwand er urplötzlich von der Bildfläche und niemand hatte ihn mehr gesehen. Rick fragte sich, was mit Craves geschehen und wie aus ihm ein Killer für das Syndikat geworden war. Allerdings fragte er sich noch mehr, wie aus Craves diese schreckliche Kreatur geworden war. Dieser Gedanke ließ ihn nicht mehr los. John hatte aber noch mehr Informationen für sie, denn Craves' ehemaliger Wohnsitz befand sich in Blu Harbor, nicht weit von der Detektei entfernt. Jonathan lud die Waffe durch und schlug sofortiges Handeln vor, schließlich musste Craves irgendwo einen Unterschlupf haben und sein ehemaliges Haus wäre ein idealer Ort dafür. Ray kannte die Adresse und stimmte Jonathan zu. Sie mussten schnell handeln, bevor er vielleicht sein Lager wechseln würde. Also brachen sie auf, um keine Zeit zu verschwenden. Sie wussten, dass sie auf alles gefasst sein mussten. Das Haus lag in einem eher heruntergekommenen Teil der Stadt, wo die meisten Häuser verlassen waren.

Craves' Haus lag ganz am Ende der Straße. Von außen schien das Haus verlassen und unbewohnt. Die Vorder- und die Hintertür waren beide verschlossen. Durch wenige Handgriffe konnte Ray allerdings das Schloss der Hintertür knacken und sie gingen hinein. Das Haus war komplett leerstehend, keine Möbel oder anderes Inventar. Sie beschlossen, direkt in den Keller zu gehen. Dort befanden sich noch einige Terrarien, die aus der Zeit von Craves' Schlangenzucht stammen mussten.

„Sieht ziemlich verlassen aus. Keine Anzeichen, dass hier vor Kurzem jemand gelebt hat."

Rick war sich nicht sicher, ob sie auf der richtigen Spur waren.

Dann entdeckte Ray auf dem Boden Rückstände einer

seltsamen Substanz. „Das Zeug ist noch warm."

Jonathan mahnte zur Vorsicht, da er wusste, wie schnell dieses Wesen war. Rick versuchte seine Instinkte einzusetzen und tatsächlich spürte er eine Aura. Craves war vor Kurzem hier gewesen. Jonathan zog die Pistole und entsicherte sie. Rick erkannte plötzlich eine Spur auf dem Boden. Die abgesonderten Flüssigkeiten wurden für ihn klar sichtbar. Rick konnte Dinge sehen, die für das normale menschliche Auge nicht erkennbar waren. Die Spuren führten geradewegs die Wände hoch. Als Rick seinen Kopf anhob und an die Decke sah, gefror sein Blut in den Adern, denn an der Decke über ihnen hing Craves.

„Oh Scheiße!", kam noch über Ricks Lippen, da stürzte sich Craves nach unten auf die drei.

Sie wurden in verschiedene Teile des Raums geschleudert. Jonathan feuerte zwar noch einen Schuss ab, konnte Craves aber nicht treffen, da dieser der Kugel auswich und auf Jonathan zustürmte. Er packte ihn, schlug die Waffe aus seiner Hand und warf ihn gegen die Wand, die durch die Wucht sichtbare Macken im Putz bekam. Ray packte Craves von hinten und versuchte ihn zu Boden zu drücken, doch dieser wandte sich wie eine Schlange aus seinem Griff heraus und trat mit voller Wucht in Rays Magen, wodurch dieser zurückgeworfen wurde und zu Boden ging. Rick versuchte Craves anzugreifen, doch dieser wich jedem seiner Schläge aus. Rick erhöhte sein Tempo, doch Craves war ihm überlegen. Als Rick einen kurzen Augenblick Energie sammelte, griff Craves ihn an und schnitt ihm mit seinen scharfen Krallen die Brust auf. Rick brach zusammen. Auf seiner Brust klafften vier große, tiefe Schnittwunden. Rick griff mit beiden Händen an die Wunde und versuchte die Blutungen zu stoppen. Craves trat vor ihn. „Rick Sky, so treffen wir uns also endlich." Craves lachte.

Rick blickte ihm direkt in die Augen, in diese furchtbaren Schlangenaugen. Craves beugte sich zu Rick hinunter und seine Schlangenzunge zischte immer wieder hervor. Was Rick da vor sich sah, war kein Mensch mehr, sondern eine diabolische Kreatur, ein Mensch-Schlangen-Hybrid. Während sich Craves auf Rick konzentrierte, konnte sich Ray wieder aufrappeln und startete einen weiteren Angriff. Mit voller Wucht riss er Craves um und warf ihn zu Boden, doch dieser befreite sich erneut aus Rays Griff und war blitzschnell wieder auf den Beinen. Er zischte und fletschte die Zähne gegen Ray. Plötzlich durchbohrte eine Kugel Craves' linke Schulter. Dunkles Blut spritzte gegen die Wand, während Craves aufschrie und anschließend zusammensackte. Er rappelte sich aber direkt wieder auf und trat den Rückzug an. Jonathan schoss drei weitere Male auf ihn, traf ihn jedoch nicht nochmals und Craves konnte entkommen.

Schnell eilten Jonathan und Ray zu Rick, um seine Wunden zu versorgen. Als sie bei ihm waren, sahen sie verwundert zu, wie dessen Verletzungen wie von Geisterhand selbst heilten und die tiefen Schnitte auf seinem Körper verschwanden. Nichts war mehr zu sehen. Während Jonathan und Ray fasziniert von Ricks Heilungskräften waren, machten sie ihm große Angst. Er war tatsächlich kein gewöhnlicher Mensch. Er fragte sich, was ihn also von Craves unterschied. Ray erkannte Ricks Zweifel und versuchte ihn zu beruhigen. Er solle seine Kräfte akzeptieren und nutzen, sie waren eine Gabe und kein Fluch. Jonathan nahm währenddessen Craves Verfolgung auf, verlor aber nach kurzer Zeit die Spur. Wieder einmal war Craves entkommen. Zurück im Keller stellte Jonathan Craves' Blut sicher, vielleicht konnte es nützlich sein. Es wirkte nicht wie gewöhnliches Blut, war es doch viel dunkler, fast schon schwarz, und hatte eine dickflüssige Konsistenz. Er wollte es so schnell wie möglich zu Tom schicken. Rick sah sich ebenfalls im Keller um. Es gab keinerlei Hinweise auf einen weiteren Unterschlupf Craves'. Während die zwei den Keller untersuchten, war Ray auf die Straße gegangen, um mit seinen Kontakten zu telefonieren. Tatsächlich gab es jemanden in Blu Harbor, der Informationen über Carl Craves haben könnte. Eine ehemalige Mitarbeiterin der Stadt hatte früher Kontakt zu Craves gehabt. Ray konnte ihre Adresse herausfinden und sie beschlossen, am nächsten Tag bei der Frau vorbeizugehen, um sie zu befragen. Vielleicht konnten sie Details über Craves' Vergangenheit erfahren, um ihn so zu finden. Nachdem sie ihre Suche eingestellt hatten, gingen die drei zurück in die Detektei. Dort hatten Rick und Jonathan mittlerweile auch ihre Zelte aufgeschlagen und schliefen dort. So waren sie stets zusammen und keiner war von der Gruppe getrennt und damit auch kein potenzielles Ziel von Craves. In der Zeitung wurde bereits von dem „Monster von Blu Harbor" berichtet. Die Presse

war es auch, die Craves den Namen „Schlangenmörder"
gegeben hatte. Die Bewohner der Stadt lebten in ständiger
Angst und die Menschen fürchteten sich, nachts auf die
Straßen zu gehen. Die Polizei verhängte zum Schutz der
Bewohner eine Ausgangssperre nach 19 Uhr. Zudem ver-
stärkte sie die Polizeipräsenz auf den Straßen und über-
wachte verstärkt die Innenstadt.

Kapitel 17: Die Natur des Bösen

Ray telefonierte mit Detective Bronko Tully. Sie tauschten Informationen aus, um sich gegenseitig zu helfen. Unterdessen verfolgten Rick und Jonathan im Fernsehen die Nachrichten. Die große Weltpresse brachte im Vergleich zu den hiesigen Berichten nichts über den Schlangenmörder. Stattdessen war neben einem bevorstehenden Bürgerkrieg in einem Dritte-Welt-Land die bevorstehende Amtsenthebung des amtierenden Präsidenten Moore das vorherrschende Thema in den Medien. Außerdem wurde berichtet, dass die Kriminalität in Jupiter City seit zwei Monaten bereits um das Vierfache angestiegen sei und dass das mit dem plötzlichen Verschwinden des "Schattens von Jupiter City" zusammenhängen würde. Die Stadt hatte anscheinend nach über 20 Jahren ihren geheimnisvollen Beschützer verloren. Rick war entsetzt über die aktuellen Probleme, die vielen Konflikte und das Leid auf der Erde. Im Inneren wusste er zu diesem Zeitpunkt schon, dass er zu mehr bestimmt war, dass er dazu auserwählt war, die Welt zu verändern. Ray fand die Adresse von Ms. McMartin heraus, einer früheren Sozialarbeiterin von Blu Harbor.

Am nächsten Morgen machten sich die drei auf den Weg, um McMartin aufzusuchen. Sie erhofften sich Details über Craves. Sie lebte allein in einem kleinen Apartment und war auch sofort bereit, mit Rick und den anderen zu reden.

„Ja, ich kannte Carl. Er war ein netter, wirklich lieber Mann. Aber auch sehr schüchtern und zurückhaltend."

Rick war von ihren Schilderungen überrascht. Er sah dieses Monster vor sich, das, was Craves tat, doch diese Frau beschrieb nichts davon. Stattdessen erzählte sie die Geschichte eines gebrochenen Mannes, der von der Gesellschaft wegen seines Hobbys ausgegrenzt und verspottet wurde. Er wurde von allen nur der Schlangenfreak genannt. Er hatte früher Tausende von Schlangen in seinem Keller, die er alle gezüchtet hatte. Früher lebte er in Jupiter City mit Frau und Kind, doch diese starben bei einem schrecklichen Autounfall. Danach zog er sich in Blu Harbor zurück und verbrachte nur noch Zeit mit seinen Tieren. Craves kapselte sich immer mehr von der Gesellschaft ab. Bei seinen Mitmenschen galt er als Sonderling, als Freak.

Niemand wollte etwas mit ihm zu tun haben. Doch Ms. McMartin erzählte auch, dass sie ein gutes, fast freundschaftliches Verhältnis zu ihm pflegte. Sie redeten oft miteinander. Doch eines Tages sei er einfach spurlos verschwunden. Rick brachte es nicht über sein Herz, ihr von dem Schlangenmörder und seiner wahren Identität zu erzählen. In ihrer Erinnerung war er ein guter, vom Leben und der Gesellschaft im Stich gelassener Mann gewesen, der jedoch nie jemandem etwas getan hätte. Vielleicht ist er jetzt ein eiskalter Killer, aber das war er wohl nicht immer gewesen. So sollte das in Ms. McMartins Erinnerung auch bleiben.

„Vielen Dank für Ihre Zeit, Sie haben uns sehr geholfen." Ray gab ihr die Hand und anschließend verließen sie die Wohnung. Leider hatte ihnen das Gespräch fast nichts Neues gebracht. Sie erfuhren zwar viel über Craves' Vergangenheit, doch nichts von dem, was Ms. McMartin erzählt hatte, passte zu dem Monster, das Ricks Tod wollte.

„Und was jetzt, Jungs?", fragte Jonathan. Er war unzufrieden. Er wollte Craves endlich erwischen, doch der war ihnen bisher immer wieder entkommen.

Die ganze Nacht berieten die drei, wie sie weiter vorgehen sollten. Ray sah keine Möglichkeit an Craves heranzukommen. Nur Rick konnte ihn herauslocken, aber wie sollten sie das anstellen? Eine Falle würde Craves sofort durchschauen. Ray schlug den Staudamm vor. Dort hatten sie einen guten Überblick über die Gegend und es gab so gut wie keine Möglichkeit, dass er sie überraschen oder leicht entkommen konnte. Jonathan mahnte erneut zur Vorsicht. Der Plan musste sehr gut ausgearbeitet werden, denn sie hatten nur diese Chance. Der Staudamm bot auch für sie selbst viele Risiken und sie durften den Schlangenmörder unter keinen Umständen unterschätzen. Rick stimmte zu. Ihm war klar, dass er den Köder spielen musste, da Craves seinen Tod wollte. Es war die einzige Möglichkeit, ihn hervorzulocken.

Kapitel 18: Das Gift der Schlange

Am nächsten Tag stand aber erst einmal Archibald Daltons Beerdigung bevor. Rick und Jonathan begleiteten Ray dorthin. Es war ein schwerer Tag für ihn, da Dalton wie ein Vater für ihn gewesen war. Viele Menschen kamen zur Bestattung, den meisten hatte Dalton irgendwann einmal in ihrem Leben geholfen. Ray konnte seine Trauer so gut es ging unterdrücken. Er wollte gefasst und professionell vor den Anwesenden wirken, doch im Inneren war er am Ende. Wie sollte es nur ohne Dalton weitergehen? Dalton hatte immer einen Rat parat und wusste in jeder Situation genau, was zu tun war. Ray war Rick und Jonathan für ihre Unterstützung beim letzten Gang seines Mentors dankbar. Dalton war die letzten zwei Jahre sein einziger Freund gewesen. Es war schön, nun zwei neue Freunde in seinem Leben zu wissen. Für Rick war die Trauerfeier auch sehr aufwühlend. Dalton hatte ihnen geholfen und dafür mit seinem Leben bezahlt, nur damit Rick herausfinden konnte, wer er war. Während dieser Zeit fragte er sich oft, ob es das alles wert war oder ob er nicht einfach in Haven Port bei Rebecca hätte bleiben sollen. Die Stimmung während der

Trauerfeier war aber nicht nur wegen Daltons Verlust sehr getrübt, auch die Gefahr vor dem Schlangenmörder war allgegenwärtig. Die Menschen fürchteten sich vor dem gejagten Killer und hatten Angst, draußen zu sein.

Nach 19 Uhr waren die Straßen menschenleer. Jeder hielt sich an die Ausgangssperre. Überall waren Polizisten unterwegs und patrouillierten durch die Straßen. Während Jonathan und Ray sich ausruhten, schlich sich Rick nach draußen. Er wollte seine Freunde keiner weiteren Gefahr mehr aussetzen und sich Craves allein stellen. Er beschloss zum Hafen zu gehen, um dort auf Craves zu warten. Leise schlich er sich an den Patrouillen vorbei und erreichte unbemerkt den Hafen. Sein Ziel war die Hafenpromenade, da er sich dort einen Vorteil versprach, da es an dieser Stelle schwerer war, sich unbemerkt anzuschleichen. Rick war fest entschlossen, Craves diesmal endgültig aufzuhalten. Es musste in dieser Nacht enden.

Es vergingen einige Minuten und Rick wartete ungeduldig. Plötzlich tauchte eine Person auf und Rick machte sich bereit für den Kampf. Allerdings war es nicht Craves, sondern ein obdachloser Mann, der ihn ansprach. Rick entspannte sich wieder.

„Sind Sie Rick Sky?", fragte der Mann.

Rick war verwundert und ging auf den Mann zu. „Ja, ich bin Rick Sky."

Der Mann wirkte sichtlich nervös, ging aber weiter auf ihn zu und senkte seinen Kopf. „Dann tut es mir leid."

Plötzlich zog er ein Messer und stach Rick in den Bauch. Rick erschrak und wich zurück. Aus der Wunde trat eine Menge Blut. Der Mann ließ das Messer fallen und rannte davon, während Rick auf die Knie sackte. Er presste seine Hände fest auf die tiefe Wunde.

„Du bist zu vertrauensselig, Rick. In dieser Welt darfst du niemandem trauen. Alle werden dich verraten und verkaufen." Craves stand hinter ihm. Er bückte sich, bis er mit seinem Kopf direkt hinter Ricks linkem Ohr war und flüsterte: „Du bist nichts weiter als ein Freak. Genauso wie ich. Wir haben hier keinen Platz. Wir sind Ausgestoßene."

Rick spürte, wie sich seine Wunde schloss und er wieder kräftiger wurde. Dann sah er das Messer vor ihm.

Craves fasste ihm auf die Schulter. „Komm mit mir,

Rick. Ich kann dir so viel zeigen, wovon du noch keine Ahnung hast. Anderenfalls endet es hier und jetzt."

Rick krümmte sich vor Schmerzen, hob dann seinen Kopf und antwortete: „Dann endet es heute."

Blitzschnell griff er nach dem Messer und stach es dem verwirrten Craves mitten ins Gesicht. Craves schrie vor Schmerzen. Rick rollte sich rückwärts ein paar Meter weg und richtete sich auf. Craves erkannte, dass er ihm die Schmerzen nur vorgespielt hatte. Er zog die Klinge aus seinem Gesicht, woraufhin aus der Wunde Blut austrat. Die Klinge hatte sich direkt durch die rechte Backe in den Mundraum gebohrt. Blut lief aus Craves Mund. Sein Blick war eiskalt. Er war wütend und bereit, Rick zu töten. Dann fuhr er seine Giftzähne heraus. Rick erkannte, dass Craves nicht über dieselben Heilungskräfte wie er verfügte. Er konnte Craves also töten. Allerdings besaß der das tödliche Gift, vor dem sich Rick in Acht nehmen musste. Plötzlich schrie Craves und griff dann an. Er stürzte sich auf Rick und schlug mit seinen Krallen nach ihm. Rick konnte nur mit Mühe ausweichen, denn Craves' Angriffe und Reflexe waren blitzschnell. Rick konterte zwar die Angriffe, konnte aber keinen Gegenangriff starten. Craves drängte ihn immer weiter an den Rand der Promenade zurück. Dann merkte Rick, dass sich Craves' Angriffe verlangsamten. Die Verletzung schwächte ihn. Rick nutzte die Gelegenheit und ging zum Gegenangriff über. Gezielt schlug er immer wieder gegen Craves' Gesicht, vor allem gegen die Stichwunde. Dadurch geriet Craves ins Taumeln und wich zurück. Rick nutzte seine Chance und schlug weiter auf ihn ein. Er landete harte Treffer gegen Craves' Brust, Magen und Gesicht. Der Schlangenmörder keuchte und sackte schließlich zusammen. Mit einer Hand stützte er sich am Boden ab, sein Kopf war gesenkt. Rick wusste, er durfte nicht zögern. Er musste es schnell zu Ende bringen. Doch in diesem Moment musste er an Ms. McMartin denken und an das, was sie über Craves erzählt hatte. Vielleicht konnte man ihm helfen, denn er war offensichtlich nicht immer so gewesen. Rick zögerte und das wusste Craves. Plötzlich wuchsen seine Krallen auf zehn Zentimeter Länge an, genauso wie seine Giftzähne weiterwuchsen, zudem veränderte sich seine Haut. Sie fing an, das Licht der Laternen zu reflektieren. Sein Aussehen näherte sich immer mehr dem einer Schlange an. Seine Krallen kratzten über den

Holzboden der Promenade und rissen diesen auseinander. Rick musste den Rückzug antreten und rannte so schnell er konnte los, während Craves sich noch kurz sammelte und dann mit einem hohen Tempo die Verfolgung aufnahm. In den verzweigten Seitengassen versuchte Rick seinen Verfolger abzuhängen, doch Craves' Wahrnehmung war inzwischen so geschärft, dass er Ricks Bewegungen voraussehen konnte und ihm so an den Fersen blieb. Rick zog sein Tempo an. Er holte alles aus sich heraus und sprang über Mauern, Zäune und andere Hindernisse. Nach mehreren vergeblichen Versuchen, Craves abzuschütteln, erreichten sie den Staudamm. Rick konnte nicht mehr und musste kurz stoppen. Craves hatte ihn mittlerweile eingeholt und stand wenige Meter von ihm entfernt. Der Mann, mehr Schlange als Mensch, grinste. Siegessicher im Glauben, dass er Rick in die Enge getrieben hatte. Doch Rick verfolgte von Anfang an einen Plan und Craves war in die Falle getappt. Hinter mehreren Containern versteckte sich Jonathan bereit zum Eingriff, die Handfeuerwaffe geladen und entsichert. Auf der gegenüberliegenden Seite hatte sich Ray positioniert, um einen möglichen Fluchtweg zu versperren. Craves, der sich siegessicher fühlte, ging auf

Rick zu.

„Carl, ich weiß, dass Sie nicht immer so waren. Ich helfe Ihnen, das Syndikat zu zerschlagen, damit Sie ein normales Leben führen können."

Craves fing an, laut zu lachen. „Ein normales Leben? Für mich gibt es so etwas wie ein normales Leben nicht. Und für dich auch nicht."

Ray machte währenddessen eine Rauchgranate scharf, die John von der WSA zu ihnen geschickt hatte. Diese war mit einem Betäubungsgas gefüllt. Craves war noch wenige Meter von Rick entfernt, als Ray aus seinem Versteck hervorsprang und die Granate direkt vor Craves' Füße warf. Sie explodierte unmittelbar danach. Craves wich zurück und wollte die Flucht ergreifen, doch Ray schloss das Eingangstor und versperrte somit den einzigen Fluchtweg.

„Endstation, Craves!", rief Ray und war fest entschlossen, Craves endlich für Daltons Tod zur Rechenschaft zu ziehen. Er stürmte auf ihn zu und schaffte es, den geschwächten und überraschten Craves zu Boden zu reißen.

Die beiden schlugen hart auf dem Beton auf, doch Ray rappelte sich direkt auf und drückte Craves' Körper nach unten, schlug heftig auf ihn ein. Doch dieser war alles andere als am Ende. Er packte Ray am Hals und stieß ihn mit seinen Beinen von seinem Körper weg, dann sprang er auf und stürzte sich auf Ray. Rick ging dazwischen und konterte den Angriff. Er musste seine ganze Kraft aufwenden. Craves war immer noch stärker und vor allem schneller als er. Rick hatte jedoch einen entscheidenden Vorteil gegenüber Craves. Während dieser durch seine Wunden schwächer wurde, heilten Ricks Wunden ständig durch seine besonderen Heilungskräfte von selbst. Sie lieferten sich einen heftigen Schlagabtausch, während Jonathan sein Versteck verließ und sich unbemerkt näherte. Nur noch wenige Meter entfernt zielte er auf Craves und begann ruhig den Abzug zu drücken, als Craves sich plötzlich umdrehte, ihn anzischte und dann eine Substanz auf ihn spuckte. Jonathan wich gerade noch aus, stürzte jedoch zu Boden und ließ dabei die Pistole fallen. Die Spucke traf die Wand, die sofort begann, sich zu zersetzen. Craves besaß also eine Art Säurespucke. Rick griff ihn von hinten an und umschlang mit seinem Arm dessen Kehle, drückte diese fest zu. So wollte er ihn in die Knie zwingen, doch Craves wandte sich schlangenartig aus dem Griff. Er wirbelte herum, packte Rick und schlug ihm die Giftzähne in den Hals. Rick riss seine Augen auf und schrie kurz. Er spürte, wie das Gift in seinen Körper drang und sich schnell durch die Adern verteilte. Ray schrie ebenfalls, konnte aber nur tatenlos zusehen, wie Craves Rick mit dem Gift infizierte. Dann zog er die Zähne aus Ricks Hals heraus.

„Das war`s für dich, Kleiner.“

Ricks Körper begann zu zittern. Schaum lief aus seinem Mund. Das Gift breitete sich in kürzester Zeit in seinem gesamten Körper aus und legte das Nervensystem lahm. Rick fiel zu Boden, sein Blut kochte und pulsierte in seinen Adern. Er verbrannte innerlich. Craves beugte sich über ihn und lachte. Er hatte gewonnen und genoss sichtlich seinen Sieg. Plötzlich hallten zwei Schüsse durch die Stille. Craves blickte auf seinen Körper hinab, denn zwei Kugeln hatten seinen Körper durchbohrt. Jonathan lag auf dem Boden, er hatte die Pistole in seiner Hand und zielte weiterhin auf Craves. Dieser drehte sich langsam um und blickte Jonathan direkt in die Augen. Dann drückte Jonathan noch zwei weitere Male ab. Beide Kugeln durchbohrten Craves' Körper, der durch die Wucht der Treffer nach hinten torkelte, schließlich über die Brüstung stürzte und den Staudamm hinunter ins Meer fiel. Jonathan rannte noch auf ihn zu und wollte ihn festhalten, doch er kam zu spät. Er konnte nur noch hinterherblicken, wie Craves in den sicheren Tod stürzte. Ray versuchte unterdessen, den mit dem Tod kämpfenden Rick zu helfen. Doch er konnte nichts weiter tun, als bei dem Überlebenskampf hilflos zuzusehen. Ricks Körper war verkrampft und überall bildeten sich Krampfadern ab, seine Augen waren nach oben verdreht.

„Rick, hörst du mich? Ich bin bei dir", sprach Ray seinem neuen Bruder gut zu. Er war verzweifelt. Sein Bruder lag vor ihm und er konnte nichts für ihn tun. Jonathan kam dazu, aber auch er konnte nur tatenlos zusehen. In Ricks Gedanken drehte sich alles um Rebecca und seine Mutter. Er würde beide nie wiedersehen und auch nie herausfinden, wer er eigentlich war. Immer mehr Schaum trat aus seinem Mund hervor, gemischt mit Blut.

Dann plötzlich lag er nicht mehr auf dem Staudamm. Auch die Schmerzen waren verschwunden. Er befand sich in einer mit Wasser gefüllten Glassäule, Schläuche waren an ihm befestigt und er trug eine Atemmaske, die ihn mit Sauerstoff versorgte. Er sah mehrere Männer in OP-Kitteln und Masken. Diese sahen aus wie Wissenschaftler. Sie standen an verschiedenen Geräten und Computern und führten Messungen durch. Vor der Glaskammer, in der sich Rick befand, stand ein schwarz gekleideter Mann. Er konnte sein Gesicht nicht gut erkennen, aber er erkannte eine große Narbe über seiner Lippe. Es musste sich dabei um Mr. Zero handeln.

„Wie lange noch, bis er einsatzbereit ist? Er hat eine Mission zu erfüllen." Dann legte er seine Hand flach auf die Glasoberfläche.

Wieder auf dem Damm, öffnete Rick seine Augen, die Schmerzen waren weg, auch die Verkrampfungen hatten sich gelöst. Er blickte in die schockierten, aber auch über-raschten Gesichter seiner Freunde. „Was ist passiert?", fragte er sie.

Noch völlig verwirrt, was gerade vor sich gegangen war, starrten sie ihn nur wortlos an.

Jonathan war der Erste, der wieder Worte fand. „Du warst zwei Minuten lang tot. Und plötzlich wachst du wieder auf, völlig unversehrt. Wir dachten echt, wir hätten dich verloren. Das Gift war in deinem ganzen Körper." Jonathan konnte es nicht fassen, Rick hatte tatsächlich ohne sichtbaren Schaden das tödliche Gift des Schlangenmörders überlebt.

Rick stand auf, als ob nichts gewesen wäre. Er war wieder völlig fit. Die Polizei traf anschließend ein und Ray konnte Tully die Situation schildern.

Kapitel 19: Detektive

Am nächsten Tag stand es bereits in der Zeitung: „Heldenhafter Privatdetektiv stoppt den Schlangenmörder". Das führte dazu, dass Ray in Blu Harbor noch beliebter und angesehener war als zuvor. Er beschloss die Detektei allein im Sinne Daltons weiterzuführen und den Menschen in Blu Harbor zu helfen.

Tom reiste zwei Tage später an, um nach Rick zu sehen. Rick und die anderen standen wegen der vergangenen Geschehnisse immer noch neben sich. Rick war nach seinem Flashback während seines Todeskampfes nun zu einhundert Prozent sicher, dass er ein Klon war, genauer gesagt ein Experiment des Syndikats. Tom richtete ihm von Ann aus, dass er zurückkommen sollte, doch Rick konnte nicht aufgeben. In Blu Harbor machte das Syndikat Geschäfte und er musste noch länger bleiben, um an sie heranzukommen. Jonathan versicherte ihm sofort, dass er weiterhin an seiner Seite bliebe, um ihm zu helfen. Ray allerdings wollte eine kleine Pause einlegen und zusammen mit Tom nach Haven Port zurückkehren. Dort wollte er seine Mutter treffen und so vielleicht seine Erinnerungen zurückbekommen. Aber auch er versprach Rick dabei zu helfen, die Wahrheit herauszufinden und ihm im Kampf gegen das Syndikat beizustehen. Er bot ihnen an, in seiner Abwesenheit die Detektei zu führen. So hatten sie eine Möglichkeit, im Bankenviertel zu ermitteln und dadurch vielleicht auch der Verbrecherorganisation auf die Schliche zu kommen. Rick haderte mit sich, ob er Rebecca anrufen sollte oder nicht. Er wollte sie nicht aufwühlen. Außerdem sagte sie, er solle sich nicht melden, bevor er die Wahrheit über sich herausgefunden habe und zurückkehren kann.

Zwei Tage später war es dann so weit, Tom und Ray verließen Blu Harbor. Ray hatte Rick öffentlich als seinen Zwillingsbruder präsentiert, um so lästige Fragen zu vermeiden und auch Rick als offizielle Vertretung in der Detektei vorzustellen. Vor seinem Abflug übergab er noch einige Akten mit Fällen an die zwei weiter, die sie bearbeiten sollten.

Jonathan freute sich auf die Detektivarbeit. Nach den letzten Wochen erhoffte er sich etwas entspannte, verdeckte Arbeit und keine weitere Konfrontation mit übermenschlichen Killern. Rick hoffte, dass Jonathans Wunsch in Erfüllung gehen würde, doch insgeheim wusste er, dass es erst der Anfang gewesen war. Sie wollten so schnell wie möglich mit der Arbeit beginnen und der erste Fall vom Stapel versprach, wie von Jonathan erhofft, entspannte Observationsarbeit.

Ein Mann ging davon aus, dass seine 26 Jahre jüngere Frau ihm fremdgehen würde. Der Klient war ein 50-jähriger reicher Geschäftsmann mit ziemlich hohem Ansehen in Blu Harbor. Jonathan wettete sofort 40 Dollar, dass die Frau ihren Mann betrog. „Auf alle Fälle geht die Kleine fremd."

Jonathan war sich sicher, also wettete Rick dagegen. Ein bisschen Spaß tat ihnen nach allem, was in den letzten Wochen passiert war, gut. Bevor sie sich auf die Lauer legten, inspizierten sie erst einmal das Equipment. Die beiden staunten nicht schlecht. Die Ausrüstung war das Neueste vom Neuesten. Jonathan schnappte sich gleich die Kamera und machte zum Spaß erst einmal eine Großaufnahme von Rick, der weniger begeistert und euphorisch wie sein Freund war.

„Wir sollten den Job hier ernst nehmen. Ray hat uns diese Detektei anvertraut. Also hängen wir uns auch richtig rein, verstanden?"

Rick wollte seinen neuen Bruder nicht enttäuschen und Jonathan sah ein, dass er recht hatte. Aber er bestand auch darauf, dass sie die Arbeit genießen sollten. Der Sommer war vorüber und die stürmische Jahreszeit begann. Da Blu Harbor direkt am Meer lag, kam es zu dieser Zeit häufiger zu Überschwemmungen und starken Stürmen. Größere Teile des Hafens wurden in dieser Zeit überschwemmt und die Promenade wurde während der Sturmzeit gesperrt. Rick und Jonathan machten sich auf, um ihre Observation zu beginnen. Der Ehemann hatte eine kleine Liste mit den Terminen und den täglichen Gewohnheiten seiner Frau erstellt. Jonathan musste herzlich lachen, da die täglichen Gewohnheiten hauptsächlich aus Shoppen bestanden. Bei der Zielperson handelte es sich um die 24-jährige Nancy Mulligan aus Jupiter City. Seit vier Jahren war sie mit dem Geschäftsmann Roger Mulligan verheiratet. Seitdem genoss sie ihr Luxusleben in vollen Zügen. In der Blu Harbor Star Mall nahmen Rick und Jonathan ihre Arbeit auf. Nancy verließ gerade eines der vielen Geschäfte und war bereits ordentlich fündig geworden. Das erkannten sie an den

Unmengen an Taschen, die sie bei sich trug. Jonathan verfolgte sie durch die Mall, während Rick draußen vor dem Gebäude die Stellung hielt. Vor der Mall befand sich ein kleiner Zeitungsstand. Rick beschloss sich eine Zeitung zu holen, um die Wartezeit zu überbrücken. Der Blu Harbor Telegraph hatte inzwischen das Interesse an dem Schlangenmörder verloren, so wie auch der Rest der Stadt. Das Leben ging wieder seinen geregelten Gang und keiner verlor noch ein Wort über die Ereignisse. Ricks Auftauchen in der Stadt hatte es immerhin zu einem kleinen Artikel auf Seite 13 geschafft, in dem von dem verloren geglaubten Zwillingsbruder des hiesigen Privatdetektivs Ray Parker berichtet wurde. Auch dessen Vertretung durch Rick fand Erwähnung. Dann fiel ihm ein Artikel auf, in dem es um Roger Mulligan und seine angebliche Beteiligung bei einem geplanten Großprojekt mit CI ging. Das behauptete jedenfalls ein Insider, der von mehreren Treffen der beiden Geschäftsmänner berichtete. In dem Artikel wurde auch die langjährige Freundschaft zwischen Mulligan und Cunnings hervorgehoben. Rick fragte sich, ob Mulligan ebenfalls Geschäfte mit dem Syndikat unterhielt, so wie es auch Charles Cunnings getan hatte. Vielleicht bot dieser Auftrag die

Möglichkeit, Hinweise auf das Syndikat zu finden. Unterdessen verfolgte Jonathan Nancy über alle vier Etagen der Mall. Von einem Bekleidungsgeschäft zum nächsten.

„Die Kreditkarte des Alten muss ja schon glühen", flüsterte Jonathan leise vor sich her. Dann fiel ihm etwas Seltsames auf. Ein Mann, der in jeden Laden ging wie Nancy, aber nie etwas kaufte. Er fragte sich, ob noch ein Detektiv auf die Frau angesetzt worden war. Vor dem Geschäft, in dem Nancy sich gerade befand, standen zwei weitere verdächtige Personen. Jonathan wurde nervös. Er wusste, dass da irgendwas vor sich ging, und es würde kein gutes Ende nehmen. Dessen war er sich sicher. Nancy verließ das Modegeschäft und war auf dem Weg zum Ausgang der Mall. Jonathan blieb ihr auf den Fersen, genauso wie die drei Männer. Er machte sich auf alles gefasst und bereute in dem Moment, die Pistole im Büro gelassen zu haben. Auf dem Parkplatz wartete Rick immer noch ungeduldig. Dann kam Nancy und lief zu ihrem Wagen. Rick sah sofort die drei Männer, die ihr folgten, und hinter ihnen Jonathan, der ihm signalisierte, dass es Ärger geben würde. Rick machte sich bereit. In diesem Moment hielt ein weißer Lieferwagen neben Nancy. Die drei Männer stürmten auf sie zu und packten sie. Sie wollten sie in den Lieferwagen zerren, doch Rick ging dazwischen und stieß die Männer zurück. Jonathan packte Nancy und zog sie nach hinten und brachte sie hinter einem der geparkten Autos in Sicherheit. Dann ging er ebenfalls auf die Entführer los. Rick hatte bereits einen von ihnen k.o. geschlagen und wollte sich den Nächsten schnappen, doch die machten sich mit dem Lieferwagen aus dem Staub.

„Rick, kümmere dich um sie!", rief Jonathan. Dann schnappte er sich einen der Entführer und drückte ihn gegen ein Auto.

„Wer hat euch beauftragt? Spuck es lieber aus oder ich schlag dich zu Brei."

Jonathan schlug mit seiner Faust das Fenster des Wagens ein. Der Mann aber spuckte ihm nur ins Gesicht und lachte.

„Jonathan, hör auf!", schrie Rick seinen Freund an.

Dann sah Jonathan, dass sich bereits eine Menschenmenge um sie versammelt hatte und auch die Polizei bereits eintraf. Die Observation war gescheitert. Rick musste den Polizisten erklären, dass sie die Frau im Auftrag von Roger Mulligan beschattet hatten. Nancy konnte nicht fassen, dass ihr Ehemann ihr Untreue vorwarf und Detektive auf sie angesetzt hatte. Sie war außer sich. Die Polizisten nahmen alles auf und boten ihr an, sie nach Hause zu bringen. Doch sie bestand darauf, selbst zu fahren. Rick und Jonathan durften auch gehen. Sie wollten so schnell wie möglich ins Büro, um sich bei Mulligan zu entschuldigen und um ihn über die Beinahe-Entführung seiner Frau zu informieren. Aber sie machten sich auch um Nancy Sorgen und überlegten, ihr bis nach Hause zu folgen, um sicherzustellen, dass sie sicher dort ankommen würde.

Während Nancy ins Auto stieg, rief sie Rick noch zu: „Sie hätten meinen Mann verfolgen sollen und nicht mich, denn er ist das Monster." Dann stieg sie ein und startete ihren Wagen.

Plötzlich explodierte das Auto vor den Augen von Rick und Jonathan. Sie wurden durch die Druckwelle der Explosion nach hinten geschleudert. Die Fensterscheiben der umliegend geparkten Autos barsten aufgrund der

Druckwelle. Rick lag auf dem Boden und schaute verzweifelt zu dem brennenden Wrack. Für Nancy gab es keine Hoffnung. Die Explosion war so stark gewesen, dass ein Überleben unmöglich war. Jonathan konnte es ebenfalls nicht fassen, der in seinen Augen absolut langweilige und entspannte Auftrag war alles andere als entspannt gewesen.

Als sie in der Detektei eintrafen, wartete bereits ein wütender Roger Mulligan auf sie, der sie beschimpfte und beschuldigte, für den Tod seiner Frau verantwortlich zu sein. Rick stritt alles ab und erzählte von der versuchten Entführung und der Explosion. Sie hätten ihren Tod so oder so nicht verhindern können. Mulligan wollte davon aber nichts wissen und drohte ihnen mit Konsequenzen. Rick machte sich die ganze Nacht lang Vorwürfe, dass sie es hätten verhindern können. Dann kam ihm der Gedanke, wäre sie entführt worden, wäre sie nicht gestorben, also waren die Entführer auch nicht für ihren Tod verantwortlich, aber wer dann? Wer wollte Nancy töten und wer sie entführen? Ricks Gedanken fuhren Achterbahn und er konnte keine plausiblen Antworten auf seine Fragen finden. Jonathan riet ihm, es auf sich beruhen zu lassen. Er erinnerte Rick daran, dass er nicht jeden beschützen und retten könnte, auch wenn er es gerne tun würde. Sie mussten weitermachen. Ray vertraute ihnen die Detektei an und sie mussten mit den anderen Fällen weitermachen. Wegen Mulligans Drohung wollten sie am nächsten Tag noch mit Ray reden, aber sie wollten ihm auch Zeit lassen, seine Mutter in Ruhe kennenlernen zu können. Rick beschloss daraufhin, Ray erst einmal nicht einzuweihen.

Kapitel 20: Die rote Tür

Am nächsten Tag erfuhren sie aus der Zeitung, dass Mulligan behauptete, er hätte nie eine Detektei auf seine Frau angesetzt. Rick war fassungslos und wollte die Sache nicht auf sich beruhen lassen. Er wollte Mulligan verfolgen und beschatten. Er traute ihm nicht, vor allem nicht nach Nancys letzten Worten: „Er ist das Monster". Rick ließen diese Worte nicht mehr los. Da musste mehr dahinterstecken. Also beschlossen sie, dass Jonathan einen neuen Auftrag für die Detektei übernehmen sollte und Rick die Beschattung von Roger Mulligan übernahm. Jonathan willigte ein und schnappte sich eine weitere Akte des To-do-Stapels.

„Das ist doch wohl ein Scherz", seufzte Jonathan. Er schlug die Hände über dem Kopf zusammen und verdrehte seine Augen. Sein neuer Fall kam direkt von der örtlichen Polizeistation. Ein Fall, mit dem sich die Polizisten nicht befassen wollten, da sie ihn für Unsinn hielten. Doch die Auftraggeberin beharrte auf ihrem Standpunkt und darauf, dass ihre Geschichte der Wahrheit entsprach. Sie wohnte auf der anderen Seite der Küste direkt am Stadtrand in einem großen, alten Anwesen. Bei der Auftraggeberin handelte es sich um eine 75-jährige Witwe. Ihr Mann starb im gemeinsamen Garten an einem Herzinfarkt. Angeblich sieht sie seitdem immer wieder in nicht regelmäßigen Abständen eine rote Tür in ihrem Garten. Sie behauptete, diese sei für den Tod ihres Mannes verantwortlich und würde immer nach schlimmen Ereignissen auftauchen. Die Polizei glaubte ihr nicht. Der Fall war nach Jonathans Meinung totaler Unsinn. Allerdings war die Bezahlung dafür der Wahnsinn. Pro Tag sollte die Detektei 3.000 Dollar erhalten. Bei Erfolg winkten sogar nochmals ganze 10.000 Dollar. Rick fand es unmoralisch, der Witwe ihr gesamtes Vermögen abzuluchsen, aber Jonathan war da anderer Meinung. Nach dem Fehlschlag und den finanziellen Konsequenzen, die Mulligan angedroht hatte, brauchten sie das Geld dringend. So begann am nächsten Tag für die beiden ihre von da an tägliche Observationsarbeit. Während Jonathan sich auf den Weg zum anderen Ende der Stadt machte, ging Rick in die Innenstadt. Vor Mulligans Penthouse wartete er auf diesen. Kurz vor 12 Uhr verließ dieser sein Haus, begleitet von einem Bodyguard. Wahrscheinlich eine Vorsichtsmaßnahme, nachdem seine Frau ermordet worden war. Er folgte Mulligan von Termin zu Termin. Meistens waren es Geschäftstermine. Mulligan schien mit sämtlichen Instanzen der Stadt Geschäfte zu machen. Von einem Termin beim Bürgermeister bis zum Besuch der Stadtwerke war alles dabei. Mulligan investierte jährlich höhere Summen in diverse Projekte der Stadt. Er galt als großer Förderer und Freund Blu Harbors. Was Rick jedoch schnell auffiel: Mulligan wirkte keineswegs wie ein trauernder Witwer, der gerade erst seine Frau verloren hatte. Er war ein eiskalter, abgebrühter Geschäftsmann.

Währenddessen genoss Jonathan eine stundenlange Unterhaltung mit der Witwe Hartford. Sie erzählte, wie sie als junges Mädchen nach Blu Harbor gekommen war und die Stadt sich damals noch im Aufbau befand, noch nicht so modern wie heutzutage war. Sie erzählte Jonathan auch, wie schwer sie es hatte, allein in dieser fremden Stadt. Doch als sie Benjamin traf, hätte sich alles geändert. Sie waren sofort verliebt gewesen und genossen ihr Leben. Benjamin kam aus reichem Hause und konnte ihr alles ermöglichen, wovon sie je geträumt hatte. Während des Gespräches wurde Mrs. Hartford dann von einer auf die andere Sekunde todernst, ihr Blick gefror und sie zeigte keinerlei Emotionen mehr.

„Wir waren glücklich, und Benjamin war noch so fit für sein Alter. Es steckte so viel Leben in ihm. Dann eines Nachts konnte ich nicht mehr schlafen, ich hörte seltsames Geflüster im Garten. Also ging ich rüber zum Fenster und sah hinunter. Mitten im Garten stand diese rote Tür. Ich weckte Benjamin, doch als er hinaussah, war die Tür verschwunden. Er glaubte mir, auch wenn er sie nicht mehr sehen konnte." Elaine sah Jonathan an, immer noch mit diesem erstarrten Blick. „Benjamin hielt immer zu mir und glaubte mir. Er glaubte mir immer." Sie hielt kurz inne, dann fuhr sie fort. „Die folgenden Nächte sah ich sie immer wieder, nicht jede Nacht, doch immer mal wieder erschien sie. Ich wusste, dass sie da war, sobald ich das Geflüster hörte. Dann kam diese eine Nacht, die alles verändert hatte. Ich schlief ruhig, doch dann hörte ich eine Stimme rufen. Sie rief meinen Namen. ‚Elaine', rief sie, ‚komm zu uns'. Ich schreckte auf und ging zum Fenster. Die Tür war wieder da, doch diesmal schien es, als stünde sie einen Spaltweit offen. Dahinter lag nichts als Schwärze. Es war wie ein Riss in einem Gemälde. Die Tür führte an einen anderen Ort, einen dunklen Ort. Voller Angst weckte ich Benjamin. Er ging hinaus in den Garten. Ich denke jeden Tag, hätte ich ihn doch nur nicht aufgeweckt. Die Tür war nicht da, Benjamin stand allein im Garten. Er sah sich um, dann sackte er plötzlich zusammen. Sie sagten, es sei sein Herz gewesen, aber ich weiß es besser. Es war die rote Tür." Mrs. Hartford packte Jonathans Arm und hielt ihn fest, während sie ihn ernst ansah.

Jonathan hielt die ganze Geschichte zwar für totalen Unsinn, eine Geschichte wie aus Twilight Zone, aber er sah Mrs. Hartford an, dass sie felsenfest davon überzeugt war. Er wusste, diese Frau glaubte, was sie ihm da erzählt hatte. Also versprach er ihr herauszufinden, was ihren Mann getötet hatte und was es mit dieser Tür auf sich hatte. Mrs. Hartford war froh, dass er ihre Geschichte angehört hatte. Sie wusste, er würde ihr nicht glauben, aber sie war froh, nicht mehr allein in diesem Haus zu sein. Jonathan wollte sofort in dieser Nacht beginnen und sich auf der Terrasse positionieren, um so den Garten im Auge zu behalten.

Rick verfolgte unterdessen weiterhin Mulligan quer

durch Blu Harbor. Der Tag verlief zu Ricks Missfallen ohne irgendwelche Hinweise auf kriminelle Machenschaften oder gar der Beteiligung Mulligans an der Ermordung seiner Frau. Aber das war wohl auch zu viel Erwartung für den ersten Tag der Beschattung. Am Abend telefonierte Rick mit Bronko, um die Ermittlungsergebnisse über den explodierten Wagen zu bekommen. Da war etwas, das Rick aufhorchen ließ. Der Sprengsatz war der gleiche Typ wie damals an seinem Flugzeug und bei dem Anschlag auf Detective Wesley. Derselbe Sprengsatz, den vor allem das Syndikat für Anschläge verwendete. Craves war tot, da war sich Rick sicher, aber dann mussten weitere Auftragskiller des Syndikats in der Stadt sein. Rick war sich einmal mehr sicher, dass es eine gute Idee war, länger in Blu Harbor zu bleiben, denn das Syndikat schien hier tatsächlich aktiv zu sein.

Die Nacht kam über Blu Harbor und Jonathan saß auf der Veranda. Er hatte es sich auf einem alten Schaukelstuhl bequem gemacht. Mrs. Hartford hatte ihm noch eine Decke gegeben, damit er es auch schön warm hatte, und dann ging sie zu Bett. Da saß er nun und starrte abwechselnd auf seine Uhr und den Garten. Immer wieder musste er laut seufzen und sich strecken. Gedanken schossen ihm durch den Kopf. Er fragte sich, was er da nur zu suchen hatte, im Garten dieser alten Schachtel, nichts weiter tuend, als auf ihren ungepflegten, verwucherten Garten zu starren. Dann dachte er aber auch, was, wenn sie recht hatte, was dann? Jonathan hatte aus den Geschehnissen bei der Mall gelernt. Auch wenn der Auftrag allem Anschein nach kinderleicht wirkte, dieses Mal war er vorbereitet und bewaffnet. Die Pistole saß locker an seinem Gürtel. Kurz vor 3:00 Uhr fielen ihm dann die Augen zu und er schlief ein, bis er plötzlich eine Stimme hörte. Er schreckte sofort auf, zog seine Waffe und zielte ins Leere. Er konnte nichts erkennen, der Garten war wie zuvor verlassen. Keine Spur einer Tür. Er beruhigte sich und setzte sich wieder. So ging die Nacht dann auch ohne weitere Zwischenfälle vorüber und der neue Tag brach an.

Jonathan machte sich auf ins Büro, um sich hinzulegen. Aber auf dem Weg musste er immer an die Stimme denken. Sie sagte etwas, aber er konnte sich nicht erinnern. Außerdem dachte er, dass es sowieso ein Traum gewesen war.

Trotz allem beschloss er, im Archiv der Detektei alte Akten zu studieren, um nach ähnlichen Fällen zu suchen und ob über diese Tür schon einmal etwas berichtet wurde. Das Archiv bestand aus Hunderten von Akten und es würde Wochen dauern, bis er sie durchgewälzt hätte. Dann fiel ihm ein besonderer Ordner auf, der sich vom Aussehen komplett von den anderen abhob. Auf dem Einband stand „David Finley Berichte". Jonathan erkannte sofort den Namen. Jedes Kind hatte schon von David Finley gehört, er war eine Legende gewesen. David Finley war ein Privatdetektiv, der im Jahre 1754 weltweit bekannt wurde, als er einen entführten Wissenschaftler rettete. Interessant war, dass er in der Stadt Blue Town lebte, die komplett zerstört wurde. Dort wurde später dann Blu Harbor errichtet. Nun wurde es spannend. In dem Bericht wurde auch die rote Tür erwähnt und Finleys Besessenheit darüber in den Jahren vor seinem Tod. Im Jahr 1812 wurde er schließlich in Brasilien von einem Landstreicher erschossen. Jonathan kam ins Grübeln. Was hatte das bloß zu bedeuten? In dem Ordner befand sich eine weitere Akte mit Aufzeichnungen eines gewissen Gabriel Storm. Dieser war in den frühen 80er-Jahren ein berühmter Schriftsteller gewesen. Auch er berichtete von der geheimnisvollen roten Tür und seiner Suche danach. Was aus ihm wurde, stand allerdings nicht in den Aufzeichnungen. Jonathan glaubte nach wie vor nicht daran, aber er war sich sicher, dass in dem Anwesen irgendetwas vor sich ginge und diese Frau seine Hilfe brauchte. Jonathan ging abends wieder zum alten Anwesen, wo Mrs. Hartford bereits an der Haustür auf ihn wartete.

Jonathan ging auf sie zu, hielt ihre Hände und sah sie an. „Mrs. Hartford, auch wenn ich nicht daran glaube, verspreche ich Ihnen, ich finde heraus, was hier vor sich geht, und werde Sie nicht hängen lassen."

Mrs. Hartford lächelte ihn an. Dann machte er sich an die Arbeit. So vergingen die Tage. Rick war am Tag auf Mulligans Fersen und nachts wartete Jonathan auf die mysteriöse rote Tür. Eine Woche nach der anderen verging und nichts passierte. Jonathan verbrachte viel Zeit mit Elaine, schloss die alte Dame sogar nach kürzester Zeit in sein Herz. Er und Rick sahen sich nicht oft, da Jonathan über Tag meistens schlief und Rick in dieser Zeit Mulligan folgte. Mulligan verhielt sich während der bisherigen Beschattung völlig bedeckt und unauffällig. Doch Rick ließ nicht locker. Er war sich sicher, dass Mulligan mit dem Syndikat zu tun hatte. Während der Beschattung hatte Rick eine Liste geführt mit den Namen der Personen, mit denen Mulligan Kontakt hatte. Eine Person stach heraus, es war der Manager der Blu Harbor Zentralbank, Henry Duvall. Mit diesem traf er sich alle zwei Tage, jede Woche, für mehrere Stunden. Duvall galt als mächtigster Mann der Stadt. Allerdings war auch bekannt, dass er erst durch Mulligan so mächtig und reich geworden war. Angefangen hatte er als Mulligans Assistent. Laut John stand Duvall im Fokus von Ermittlungen der WSA. Es wurde davon ausgegangen, dass er in Kontakt mit dem Syndikat stand, allerdings gab es bisher keinerlei Beweise für eine Verbindung zwischen ihm und dem Syndikat. Rick war auf der richtigen Spur. Er war fest davon überzeugt, dass Mulligan der Schlüssel zum Syndikat war.

Kapitel 21: Ein bekanntes Gesicht

Es war ein normaler Tag, so wie die Tage zuvor. Rick folgte Mulligan quer durch die Stadt, von einem Termin zum nächsten. Doch dann sah er ein bekanntes Gesicht, es war Mr. Happy. Er musste im Auftrag von Charles Cunnings hier sein. Zuvor hatte Rick bereits von einem angeblichen Projekt zwischen Mulligan und Cunnings Industries in der Zeitung gelesen. Sie trafen sich zur Mittagszeit in einem edlen Restaurant. Rick versuchte in das Gebäude zu gelangen, um so vielleicht etwas von dem Gespräch belauschen zu können. Durch den Lieferanteneingang auf der Rückseite des Gebäudes schaffte es Rick tatsächlich, unbemerkt in das Restaurant zu gelangen. Drinnen konnte er schnell den Tisch der beiden ausmachen, sich vorsichtig anschleichen und auf der Rückseite Platz nehmen, um unbemerkt das Gespräch belauschen zu können.

„Mr. Mulligan, ich bin hier im Auftrag von Mr. Cunnings. Er bedauert, dass er nicht persönlich kommen konnte, aber Sie wissen ja, wie beschäftigt er mit dem Wiederaufbau von Haven Port ist."

Happy klang so arrogant wie eh und je, dachte sich Rick.

„Das verstehe ich natürlich. Richten Sie ihm bitte meine Grüße aus und informieren Sie ihn, dass unser gemeinsames Projekt wie geplant voranschreitet. Er wird sehr zufrieden sein."

Mulligan lachte und Happy tat es ihm kurz danach gleich. Rick ahnte, dass dieses „gemeinsame Projekt" bestimmt etwas mit dem Syndikat und irgendwelchen kriminellen Machenschaften zu tun hatte. Er hatte genug gehört und verließ wieder das Restaurant, bevor jemand ihn entdecken würde. Rick war sich sicher, dass er sich auf der richtigen Spur befand. Er war entschlossen, seine Beschattung weiterzuführen.

Es vergingen weitere Wochen, in denen Rick Tag für Tag Mulligan verfolgte und jeden seiner Schritte fotografierte. Darunter waren weitere Treffen mit Duvall, aber auch mit einer für Rick bisher unbekannten Person. Dabei handelte es sich um einen Mann namens Phil Stevens, ein Anwalt aus Jupiter City. Ebenso fand die Beerdigung für Mulligans Frau Nancy statt. Auch hier konnte er keine Trauer bei Mulligan erkennen. Von Woche zu Woche war sich Rick sicherer, dass Mulligan seine Frau ermorden ließ. Aber wieso nur? Und wer wollte sie dann entführen lassen? Wie Rick herausfand, war Stevens für das Rechtliche rund um das Projekt von Mulligan mit CI verantwortlich.

Das Jahr neigte sich mittlerweile dem Ende zu, aber auch das Jahrtausend sollte seinen Abschluss finden. Noch wenige Monate und das Jahr 2000 stand bevor. Viele Menschen fürchteten sich vor der Jahrtausendwende, denn sie hatten Angst vor dem Ende der Welt, das einige Verschwörungstheoretiker prophezeiten. Rick hatte zwar schon einige Vermutungen und Hinweise über Mulligan gesammelt, aber all das war nichts Stichhaltiges und vor allem lieferte es keine Beweise für irgendeine Verbindung zum Syndikat. Er wollte alles auf eine Karte setzen und nachts in das Anwesen von Mulligan einbrechen, um dort nach Beweisen zu suchen.

Da er ihn die letzten Wochen jeden Tag beschattet hatte, wusste Rick genau, wann ein geeigneter Zeitpunkt war, um in das Haus einzudringen. Er schlich sich über den Garten zur Rückseite des Hauses. Dort kletterte er das

Abwasserrohr nach oben, um dort durch eines der Fenster ins Haus hineinzugelangen. Zu seinem Glück war eines davon einen Spaltweit geöffnet. Durch das Fenster gelang Rick in das Badezimmer des Anwesens. Es war ein edles, luxuriöses Bad. Rick sah sich vorsichtig um. Er wollte sichergehen, dass er tatsächlich allein im Haus war. Zuerst wollte er sich das Arbeitszimmer vornehmen. Wenn Mulligan irgendwelche Beweise zu Hause versteckt hatte, dann bewahrte er sie bestimmt in seinem Büro auf. Rick schlich den Flur hinunter und sah sich dabei um. An den Wänden hingen auf beiden Seiten Gemälde, die einen wertvollen Eindruck erweckten. Eines der Gemälde erregte besonders seine Aufmerksamkeit. Er war sich sicher, dass er es schon einmal gesehen hatte. Das Bild zeigte eine Pyramide, die sich in einer Art von ausgetrocknetem See befand. Auf der linken Seite, am unteren Rand stand der Name des Künstlers. Rick erkannte sofort den Namen. „Emilio Milan". Dann fiel es ihm schlagartig wieder ein, dass er das gleiche Gemälde bereits in Charles Cunnings' Büro in Haven Port gesehen hatte. Damals hatte es sich allerdings um eine Fälschung gehalten, wie Cunnings verraten hatte. Cunnings versicherte damals, dass sich die Originale in sicherer

Verwahrung befanden. Rick fragte sich, ob es sich bei dem vor ihm befindlichen Bild ebenfalls um eine Fälschung handelte. Außerdem schien Mulligan und Cunnings nicht nur eine Freundschaft zu verbinden, sondern sie teilten wohl auch ihre Leidenschaft für seltene Milan-Gegenstände.

Im Arbeitszimmer durchsuchte Rick zuerst die Schubladen des Schreibtisches und arbeitete sich dann durch den massiven Holzschrank, der in der Ecke des Raums stand. Allerdings blieb seine Suche bisher erfolglos. Doch er wollte noch nicht so schnell aufgeben. Dann entdeckte er in dem Schrank eine lose Rückwand. Durch einen leichten Stoß konnte er die Wand lösen und herausnehmen. Dahinter befand sich ein schmaler Briefumschlag. In diesem befand sich ein Zettel mit Reisedaten, genauer gesagt waren es Informationen über Ricks exakte Ankunft in Blu Harbor. Mulligan wusste also schon vor seiner Ankunft über ihn Bescheid. Rick fiel auch ein, dass der Auftrag über Mulligans Frau erst in der Detektei einging, als Rick und Jonathan diese übernommen hatten. Weder auf dem Umschlag noch auf dem Papier selbst war ein Absender oder überhaupt ein Hinweis auf den Verfasser vorhanden. Rick hatte allerdings den Verdacht, dass das Syndikat längst über ihn Bescheid wusste und deshalb auch Craves so schnell in der Stadt gewesen war. Rick dämmerte es langsam. Er sah seine Befürchtungen bestätigt, Mulligan arbeitete tatsächlich für das Syndikat und plante wohl nach Craves' Scheitern einen weiteren Anschlag auf Rick. Die Beschattung von Nancy Mulligan war also nur ein Lockmittel gewesen. Das Syndikat schien ihm immer einen Schritt voraus zu sein. Er hatte allmählich das Gefühl, als würde er nicht sie jagen, sondern sie ihn. Die gefundene Notiz war zwar ein Hinweis, aber als Beweis ungenügend. Rick beschloss weiterzusuchen. Er wollte nicht so schnell aufgeben und musste einfach noch mehr finden. Nach einer Weile gab er schließlich die Suche dann doch auf. In dem Arbeitszimmer würde er nichts mehr finden. Er hatte jeden Winkel des Raumes abgesucht. Im Schlafzimmer durchsuchte er ebenfalls alle Schränke und Schubladen, jedoch auch dort ohne Erfolg. Rick war gefrustet, er hatte sich viel mehr erhofft. Die wochenlange Observation brachte keinen Durchbruch und nun fand er auch im Haus keine hilfreichen Informationen. Der ganze angestaute Frust machte sich breit und Rick schlug mit seiner Faust gegen die Wand. Der Schlag hatte so eine Wucht, dass sämtliche Bilder von der Wand fielen. Da sah er, dass hinter einem der Gemälde ein Safe versteckt war. Rick zog seine Faust aus dem Loch in der Wand und sah sich den Safe genauer an. In den letzten Wochen hatte er immer wieder neue Fähigkeiten an sich entdeckt und war jedes Mal über sich hinausgewachsen. Er betrachtete das Loch in der Wand, dass er mit seiner bloßen Faust eingeschlagen hatte. Die durch die Wucht verursachten Wunden und Knochenbrüche waren bereits verheilt. Er war stärker, als er ahnte, und in diesem Moment wollte er herausfinden, ob er noch mehr aus sich herausholen konnte. Also griff er mit beiden Händen an die linke und die rechte Seite der Safetür. Dann schloss er seine Augen und fokussierte sich auf den Safe. Mit aller Kraft versuchte er die Tür herauszureißen. Nach und nach bildeten sich dicke Adern auf seinen Armen und seiner Stirn ab. Trotz aller Anstrengung bewegte sich die Tür keinen Millimeter, aber Rick wollte nicht aufgeben. Er begann noch heftiger zu ziehen, seine Finger schmerzten, während diese sich immer mehr in die Umrisse der Stahltür bohrten. Die ganze Wut über die Geschehnisse der letzten Monate kam hervor und Rick begann zu brüllen. Plötzlich löste sich die Verankerung und Rick wurde durch die Wucht nach hinten geworfen. Er prallte hart zu Boden, immer noch die Stahltür in Händen haltend. Er hatte es geschafft. Mit bloßen Händen riss er die Metalltür aus ihrer Verankerung, warf sie zur Seite und begann sich den Inhalt des Safes anzusehen. Darunter war eine große Menge an Bargeld, circa 30.000 Dollar. Daneben befanden sich mehrere Akten, die Rick an sich nahm. Er wollte keine Zeit mehr verlieren und beschloss, sämtliche Unterlagen mitzunehmen. Ebenso nahm er ein altes Tagebuch an sich, das sich in einem sehr schlechten Zustand befand und zum größten Teil verbrannt war. Rick aber war sich sicher, dass es von Bedeutung sein musste, da es Mulligan immerhin im Safe aufbewahrte. Plötzlich hörte er vor dem Haus eine Wagentür. Mulligan musste zurück sein. Schnell machte sich Rick auf den Weg zum Badezimmer. Dort stieg er wieder aus dem Fenster und kletterte das Rohr hinunter in den Garten. Anschließend rannte er in den nahe gelegenen Wald und verschwand unentdeckt in der Nacht.

Kapitel 22: Das Tagebuch

Zurück in der Detektei sah Rick die diversen Akten durch. Er fand eine Lebensversicherung für Mulligans Frau über 2.500.000 Dollar, die bereits an diesen ausbezahlt wurde. Außerdem befand sich in den Akten ein Ehevertrag. Wie sich herausstellte, war Mulligan schwer verschuldet und Nancy nicht das junge mittellose Partygirl, das sich einen reichen Mann geangelt hatte. Es zeigte sich, dass Nancy aus einer reichen Familie stammte und 4.000.000 Dollar Vermögen mit in die Ehe gebracht hatte. Aber laut Ehevertrag stand Mulligan kein Cent zu. Die weiteren Unterlagen beinhalteten Informationen über einige seiner Bauprojekte, die jedoch alle ein Verlustgeschäft waren. Über das künftige Projekt mit Charles Cunnings waren allerdings keine Dokumente vorhanden, was Rick verwunderte. Mulligan schuldete auch seinem ehemaligen Assistenten Duvall eine hohe Geldsumme. Der mit der Detektei geschlossene Vertrag befand sich ebenfalls unter den Dokumenten, allerdings schien er verändert. Laut diesem Vertrag hatte Nancy die Detektei beauftragt, ihren Mann zu beschatten. Ricks Unterschrift stand unter dem Auftrag. Rick wunderte sich, wieso Mulligan einen anderen Auftrag besaß. Laut diesem veränderten Auftrag wollte Nancy ihren Mann beschatten lassen und beauftragte Rick damit, 32.000 Dollar von Mulligan zu beschaffen.

„Hiermit beauftrage ich Rick Sky, das mir zustehende Geld wiederzubeschaffen."

Rick fragte sich, ob es sich bei der Summe etwa um das Geld handelte, das im Safe gelagert war. Er verstand die Welt nicht mehr. Was ging bloß vor sich? Die anderen Dokumente waren nicht länger von Bedeutung. In ihnen stand nichts Hilfreiches, also wandte er sich dem Tagebuch zu. Im stark verbrannten Einband konnte er noch den Namen des Autors erkennen, Emilio Milan. Es war also tatsächlich eins der seltenen Milan-Tagebücher, von denen Cunnings erzählt hatte. Die meisten Seiten waren nicht mehr lesbar. Andere Seiten befanden sich dagegen noch in einem guten und lesbaren Zustand. Milan schilderte den Zerfall der Gesellschaft und wie sich irgendwann die kleinen Leute erheben würden, gegen die Versklavung durch die Reichen und Mächtigen. Auf einer Seite war die Skizze einer Pyramide, die sich in einem See befand. Es war dieselbe Pyramide wie auf dem Gemälde in Mulligans Haus. Milan beschrieb, dass die Pyramide die Grabstätte des Gotts des Lichts sei und sie das Wissen der Götter beinhalten würde. Es war auch eine Karte abgebildet, die angeblich den Weg zur Pyramide zeigte.

Milan schrieb dazu: „Jede Nacht träume ich von einer Pyramide in einem See. Aus ihr strahlt das göttliche Licht. Ich bin unter Wasser, stehe direkt vor ihr, der Gott des Lichts wartet dort auf mich. Ich habe gesehen, wie sich der Gott erhob, ich befand mich in seiner Grabkammer. Doch ich war nicht allein, da war noch jemand in der Kammer, ein junger Mann. Er konnte mich nicht sehen, ich rief nach ihm, doch er lief zur Mitte des Raums, ohne sich nach mir um- zudrehen. In der Mitte der Kammer war ein Loch im Boden, aus dem das göttliche Licht strahlte. Aus diesem stieg der Gott des Lichts auf. Der Junge stand vor ihm, er fürchtete den Gott nicht. Dann erwachte ich aus meinem Traum. Ich kann den Jungen nicht vergessen, er war noch jung, viel- leicht 16 Jahre alt, eine kräftige, athletische Statur, schwar- zes Haar, schwarz wie die Nacht. Der Junge strahlte eine Gelassenheit und enorme Stärke aus."

Rick erschrak über diese Beschreibung, da es ihm vorkam, als hätte Milan ihn beschrieben. Am unteren Rand der Seite war das Datum des Eintrags verzeichnet, das Jahr 1485. Rick verschlang die ganze Nacht das Tagebuch. Inzwischen konnte er die Faszination dafür allmählich verstehen und warum Cunnings so besessen von diesen Tagebüchern und Relikten war. Milan war seiner Zeit weit voraus gewesen. Er beschrieb sämtliche politischen und wirtschaftlichen Entwicklungen des 19. Jahrhunderts. Sein technisches Verständnis war unglaublich. Er skizzierte diverse Maschinen, die den heutigen weit überlegen waren. Er hatte eine künstliche Wirbelsäule entwickelt, die angeblich in der Lage war, einen gelähmten Menschen zu heilen und ihn wieder laufen zu lassen. Bis in die frühen Morgenstunden saß Rick auf dem Boden des Büros und las in Milans Tagebuch. Er konnte nicht aufhören, darin zu lesen:

„Ich träume von einer Welt, in der es keinen Unterschied macht, ob man reich oder arm ist oder welcher Religion man angehört. Es sind alles Nichtigkeiten, die zu großen Konflikten führen. Die Menschen bekriegen sich gegenseitig wegen ihrer religiösen Ansichten und jeder huldigt nur der seiner Auffassung nach einzig wahren Religion. Doch diese einzig wahre Religion ist nichts weiter als eine Illusion. Durch das Geschenk des Reisenden wurde mir so viel gegeben. Ich weiß nun, woher wir kamen und wohin wir gehen werden. Die Menschen müssen lernen, dass sie unbedeutend sind. Nur so können sie bedeutend werden und dieses armselige Leben hinter sich lassen und aufsteigen."

Rick verstand, warum Milan als Hetzer und Scharlatan verschrien war und zu seiner Zeit von der Kirche verfolgt wurde. Seine Ansichten und Prophezeiungen erschienen mehr als fragwürdig und äußerst systemkritisch. Doch auf der anderen Seite waren seine Ideen und Erfindungen visionär und bahnbrechend. Das Tagebuch war voller Skizzen von diesen Erfindungen, die Cunnings einst als Milan-Artefakte beschrieben hatte.

Plötzlich ging die Tür der Detektei auf und Rick wurde schlagartig aus seinen Gedanken gerissen.

Es war Jonathan, der gerade von seiner Überwachung des Hartford-Anwesens zurückkam. „Du bist schon wach?", fragte Jonathan neugierig. Er wirkte erschöpft und müde.

„Ich bin ehrlich gesagt noch gar nicht schlafen gewesen. Ich war vertieft in dieses Tagebuch", antwortete Rick und erzählte Jonathan von seinen bisherigen Erkenntnissen und was er alles im Safe in Mulligans Haus gefunden hatte.

Jonathan machte sich Sorgen um seinen Freund. Rick sah schlecht aus und begab sich immer weiter auf gefährliches Terrain, während er selbst Nacht für Nacht nur einen Garten anstarrte. „Wenn du willst, lass ich den Auftrag bei der Witwe sausen und helfe dir." Jonathan sah seinen Freund an.

„Nein, die Detektei braucht das Geld. Ich komm schon klar", antwortete Rick selbstsicher.

Während sie auf dem Boden saßen, öffnete sich erneut die Tür und ein für Rick bekanntes Gesicht kam herein.

„Guten Morgen meine Herren, mein Name ist Phil Stevens und ich bin hier im Auftrag meines Mandanten Mr. Mulligan. Er fordert Sie auf, die Konsequenzen zum Fehlschlag Ihres Auftrags zu tragen und die Verantwortung zu übernehmen. Er sieht von einer Klage ab, wenn Sie ihm eine Entschädigung von 50.000 Dollar zahlen.“

Jonathan stand auf. Langsam ging er auf den Anwalt zu und musterte ihn von oben bis unten, während Rick an den gefälschten Auftrag in Mulligans Safe denken musste.

„Verschwinden Sie und sagen Ihrem Mandanten, dass er keinen Cent sehen wird.“ Jonathan schubste Stevens leicht Richtung Tür, der sofort verstand, dass das Gespräch beendet war und er besser gehen sollte. Jonathan sah durch das Fenster noch, wie Stevens das Gebäude verließ, über die Straße ging, in einen schwarzen Mercedes stieg und wegfuhr. Rick versuchte sich einen Reim auf das Ganze zu machen, aber er kam zu keiner schlüssigen Erklärung. Er beschloss weiterzumachen und an Mulligan dranzubleiben, bis dieser einen Fehler machen würde. Jonathan versprach sofort zur Stelle zu sein, wenn er ihn brauchen würde. Rick dankte seinem Freund, der die letzten Monate immer an seiner Seite stand und ihn unterstützte.

Kapitel 23: Die Nacht des Grauens

Nach Wochen der Beobachtung waren Jonathan und Mrs. Hartford so etwas wie Freunde geworden. Er hatte sich an die alte Dame gewöhnt und sie freute sich, jemanden zum Reden zu haben. Sie war ihm dankbar, dass er nicht aufgab und immer wieder Nacht für Nacht in ihrem Garten saß. Der Oktober war sehr kalt, kälter als in den Jahren davor. Es war der 30. Oktober, ein Tag vor Halloween, als Jonathan wieder auf seinem Platz im Garten des Hartford-Anwesens saß, eingewickelt in eine dicke Decke. Trotz der warmen Decke fror es ihn in dieser Nacht. Kurz vor Mitternacht verabschiedete sich Elaine von ihm und begab sich ins Bett. Die Nacht war ruhig. Über Jonathan leuchtete ein klarer, sternenbedeckter Himmel. Die Kälte machte ihm schwer zu schaffen, doch er biss die Zähne zusammen. Dann hörte er plötzlich Geflüster, das aus dem hinteren Teil des Gartens zu kommen schien. Er stand auf und lief auf den Rasen, dieser war bereits teilweise gefroren. Vorsichtig setzte er einen Fuß vor den anderen. Das Geflüster wurde lauter. Jonathan griff hinter seinen Rücken, zog die Pistole aus seinem Hosenbund, entsicherte sie und hielt sie mit beiden Händen vor seinen Körper. Er lief bis ans Ende des Gartens und schaute sich die Büsche genau an. Er wollte sichergehen, dass sich niemand dahinter versteckte. Es schien aber niemand da zu sein. Schließlich erreichte er die Mauer, die das Anwesen eingrenzte. Die Stimmen waren verstummt und es herrschte unbehagliche Stille. Da bemerkte er, dass etwas an der Mauer stand. Es sah aus wie mit Blut geschrieben. Jonathan begann zu schwitzen. Die Kälte war wie weggeblasen, als er die Nachricht las: „Du beobachtest mich, ich beobachte dich."

Jonathan ging näher zur Mauer. Er war sich sicher, dass es sich um Blut handelte. Es lief träge die Wand hinunter. Die Nachricht schien gerade erst geschrieben worden zu sein. Also musste sich der Verfasser noch in der Nähe befinden. Jonathan drehte sich um. Er sah in alle Richtungen, irgendwo musste doch jemand sein. Er umklammerte die Waffe und hastete schnell durch den Garten, suchte jeden Winkel ab. Er war wütend. „Komm raus, du mieser Drecksack. Eine alte Frau kannst du vielleicht erschrecken, aber wie sieht es mit mir aus? Glaubst du, du machst mir Angst? Ich werde dich fertigmachen!", schrie er in den leeren Garten.

Weit und breit war nichts zu sehen. Dann plötzlich erhob sich ein Schatten hinter Jonathan, eine dunkle Gestalt, verborgen in der Dunkelheit. Sie näherte sich unbemerkt Schritt für Schritt. Jonathan konnte die Schritte hören, er wusste, die Person war nur noch wenige Meter von ihm entfernt. Er legte seinen Zeigefinger langsam um den Abzug und drückte leicht dagegen, dann riss er seinen Körper um 180 Grad herum und zielte bereit zum Abdrücken. Doch niemand stand vor ihm. Er atmete schwer. Er schaute sich um, er war allein in dem Garten. Dann entdeckte er, dass die blutige Nachricht von der Wand verschwunden war. Hatte er sich etwa alles nur eingebildet? Er begann, an seinem Verstand zu zweifeln, und überlegte, ob die viele Zeit mit Elaine und ihren Gruselgeschichten etwa zu sehr auf ihn abgefärbt hatte. Er ging zurück auf die Veranda und machte es sich wieder auf seinem Schaukelstuhl bequem. Die weitere Nacht verlief ohne Zwischenfälle. Am Morgen ging er zurück ins Büro und haute sich aufs Ohr. Er war fix und fertig.

In ganz Blu Harbor begannen währenddessen die

Vorbereitungen für Halloween. Alle Geschäfte führten Halloweenkostüme und verschiedenste Dekorationen. Außerdem fand jedes Jahr am 31. Oktober ein großer Nachtumzug quer durch Blu Harbor statt, mit allerlei feierwütigen Menschen in dämonischen Kostümen.

Während Jonathan schlief, verfolgte Rick wieder Mulligan, wie die letzten Wochen zuvor auch schon. Er war immer mehr von diesem Mann angewidert. Mulligans Frau war tot und er stolzierte durch die Stadt, flirtete mit jeder Frau, die er traf, ging von Termin zu Termin. Rick hatte allmählich das Gefühl, dass Mulligan ihn vorführen würde. Im Inneren wusste er, dass dieser Mann mit dem Syndikat Geschäfte machte und auch für den Mord an seiner Frau verantwortlich war. Trotz der wochenlangen Beschattung machte Mulligan nichts, was eine Verbindung beweisen würde. Es war ein sonniger Tag, die Kälte der letzten Tage war verschwunden und die Sonne schien den ganzen Tag lang. Mulligan hatte es sich in einem Café gemütlich gemacht und genoss die Sonnenstrahlen.

Rick reichte es, er ging zu ihm, um alles auf eine Karte zu setzen. „Mulligan, lassen Sie diese Spielchen. Ich weiß von Ihren Geschäften mit dem Syndikat und dem Mord an Ihrer Frau. Ich schwöre, so wie ich hier stehe, ich bring Sie zu Fall. Schluss mit den Spielchen."

Mulligan nahm seinen Kaffee, nippte kurz daran und begann zu lächeln. „Kleiner, du bist bereits besiegt, du weißt es nur noch nicht." Sein Lächeln wurde langsam zu einem diabolischen Lachen.

„Das werden wir noch sehen", erwiderte Rick. Er wollte keine Schwäche zeigen. Dann ging er wieder, da er im Moment nichts ausrichten konnte. Er war aber fest entschlossen, Mulligan zu Fall zu bringen, mit allen erdenklichen Mitteln. Während Rick durch die Straßen lief, begegneten ihm mehrere maskierte Kinder in den unterschiedlichsten Halloweenkostümen. Er lächelte. Die Kleinen hatten offensichtlich Spaß. Sie wirkten so unbeschwert und lebensfroh. Rick sehnte sich in diesem Moment nach Rebecca. Es war schon so lange her, seit er sie das letzte Mal gesehen hatte.

Die Sonne ging langsam unter, als Jonathan sich wieder auf den Weg zum Hartford-Anwesen machte. Am Eingang der Detektei traf er auf Rick. „Happy Halloween, mein Freund. Ich wünsch dir einen angenehmen Abend. Ich genieß jetzt die Gruselstunden auf meinem bequemen Schaukelstuhl", scherzte Jonathan.

Rick musste lachen. Diese Unbeschwertheit fehlte ihnen über die letzten Wochen. Dieser kurze Moment der Ausgelassenheit tat beiden gut. Dann verabschiedeten sie sich und Jonathan fuhr hinaus zum Stadtrand zu Elaines Anwesen. Die Kinder der Stadt wählten gerne zu Halloween das Hartford-Anwesen als eines ihrer Ziele aus, da das Anwesen vor allem bei Nacht wie ein Gruselhaus wirkte. Zudem rankten sich durch den Tod Mr. Hartfords allerlei Gruselgeschichten rund um das Haus und um Mrs. Hartford. Als Jonathan ankam, befand sich bereits eine kleine Gruppe von Kindern in etwas Sicherheitsabstand vor dem Anwesen. Sie stachelten sich gegenseitig dazu an, hinzugehen und zu klingeln. Sie betitelten sich untereinander als Angsthasen. Langsam schlich er sich an die Gruppe heran, bis er direkt hinter ihnen stand. Dann schrie er laut: „BUH!"

Schlagartig zuckte jeder einzelne Junge zusammen. Einige schrien auch vor lauter Angst. Jonathan lachte, während die Kinder davonrannten.

An der Eingangstür stand bereits Elaine und wartete auf

ihn. „Du hättest den armen Kindern keine Angst einjagen dürfen." Sie sah ihn mit vorwurfsvollem Blick an.

Jonathan entschuldigte sich bei ihr und musste immer noch lachen. Dann gingen sie hinein. Überall im Haus brannten Kerzen, alle Lampen waren ausgeschaltet. Elaine sagte, es ginge ihr heute nicht besonders und dass sie sich schon hinlegen würde, woraufhin Jonathan ihr eine gute Nacht wünschte. Sie bedankte sich erneut für seine Hilfe und dass sie sich einfach viel sicherer fühlte, seit er hier war und aufpasste. Jonathan hielt das alles immer noch für reinsten Unfug, aber seine Meinung zur Notwendigkeit seines Einsatzes hatte sich geändert. Er wollte der Frau helfen und war froh, dass sie sich sicher fühlte, wenn er da war. Auf der Veranda machte er es sich wie auch die Nächte zuvor wieder gemütlich und starrte vor sich hin. Diesmal war es jedoch anders. Er konnte die Kinder auf der Straße hören, die umherzogen und allerlei Schabernack trieben. Außerdem hörte er die laute Musik des Nachtumzugs, der durch die Straßen Blu Harbors zog.

Rick befand sich zu der Zeit in der Detektei. Er saß an Daltons Schreibtisch und blätterte alte Fälle durch. Er stieß unter anderem auf Rays ersten eigenen Fall, den er in Blu Harbor übernommen hatte. Dieser lag genau ein Jahr zurück. Damals verschwanden einige Kinder aus Blu Harbor. Die meisten wurden später ermordet aufgefunden. Ray arbeitete mit einer Privatdetektivin aus der 30 Kilometer entfernten Nachbarstadt Goodswick Haven zusammen. Ihr Name war Jacky Pierro und sie hatte bereits beachtliche Erfolge vorzuweisen. Sie war wie Ray noch sehr jung gewesen, genoss aber einen bemerkenswerten Ruf als erstklassige Detektivin. In Goodswick Haven waren ebenfalls Kinder verschwunden. Die Spur führte zu einem Wanderzirkus mit großem Jahrmarkt, der die Leute durch skurrile Attraktionen in Scharen anlockte. Die Presse betitelte den Fall nur mit der reißerischen Schlagzeile „Die verschwundenen Kinder und der Jahrmarkt der Verdammten". Ray und Jacky konnten über zehn Kinder retten. Während er den Artikel las, bemerkte er, dass sich jemand in der Detektei befand. Er schaute auf und sah einen völlig schwarz gekleideten Mann vor sich stehen.

„Sie sollten heute Nacht noch die Stadt verlassen. Sie sind in großer Gefahr", sagte der unbekannte Mann.

Rick konnte das Gesicht des Mannes nicht erkennen, denn der trug einen schwarzen Hut, den er weit über das Gesicht gezogen hatte.

„Wer sind Sie und von welcher Gefahr sprechen Sie?", hakte Rick neugierig nach. Dann stand er auf und wollte auf den mysteriösen Mann zugehen, doch dieser wich zurück.

„Bitte glauben Sie mir, Sie müssen sofort gehen. Das Syndikat holt zum Schlag gegen Sie aus."

Rick wusste nicht, was er davon halten sollte, wollte den Mann aber auch nicht einfach so gehen lassen. Er fragte weiter nach dessen Identität. Dieser gab schließlich nach, nahm seinen Hut ab und stellte sich als Ian Hunter vor, ein ehemaliges Mitglied des Syndikats. Allerdings sei er jahrelang ein Geschäftspartner Mulligans gewesen und wollte nie mit den kriminellen Machenschaften zu tun haben, wurde aber dann nach eigener Aussage dazu gezwungen. Rick versprach ihm zu helfen, doch Hunter wies ihn ab. Er sei derjenige, der Hilfe bräuchte und dass sich die Schlinge allmählich zuzog. Dann rannte Hunter die Treppe hinunter und hinaus auf die Straße, mitten in den Nachtumzug.

Rick folgte ihm, er wollte noch mehr von ihm erfahren. Er drückte sich durch die Menschenmassen und versuchte Hunter nicht aus den Augen zu verlieren. Die maskierten Dämonen griffen nach Rick und schrien ihn an, überall grölten die Menschen und feierten ausgelassen die Geisterstunde. Doch Rick musste sich seinen Weg hindurch bahnen. Dann sah er eine komplett schwarz gekleidete Person, die eine weiße Maske trug. Auf der Maske stand in roter Schrift „Dr. Death". Die Gestalt sah Rick kurz an und verschwand dann in der Menge. Es war zwar nur ein kurzer Moment, in dem die unheimliche Gestalt Rick ansah, doch dieser spürte sofort, welche unglaubliche Gefahr von ihr ausging. Dr. Death verschwand aus Ricks Sicht. Er drückte sich durch die Menschenmasse und versuchte Hunter zu erreichen. Immer wieder sah er Dr. Death kurz zwischen den Menschenmengen. Er war ebenfalls hinter Hunter her, so schien es jedenfalls. Immer wieder verlor Rick Hunter aus den Augen, nur um ihn kurz darauf wieder kurz zu sehen, aber immer wieder war diese maskierte Gestalt in seiner unmittelbaren Nähe. Sie kam immer näher und näher. Rick wollte Hunter warnen, aber durch die Lautstärke konnte dieser ihn nicht hören. Verzweifelt drückte sich Rick weiter und weiter durch die feiernde Meute. Er stieß Menschen zu Boden, um Hunter vielleicht doch noch erreichen zu können. Doch irgendwann hatte er ihn ganz aus den Augen verloren. Rick war wütend, aber auch erschöpft. Er hatte alles versucht, um Hunter zu erreichen. Jetzt war dieser verschwunden und er wusste nicht, ob Dr. Death ihn erwischt hatte, was er von der Situation halten sollte und ob er die Warnung Hunters ernst nehmen musste. Zudem fragte er sich, wer diese maskierte Person war und ob sie für das Syndikat arbeitete. War sie vielleicht ein weiterer Auftragskiller, so wie Craves es war? Rick ging niedergeschlagen zurück zur Detektei, er konnte im Moment nichts weiter tun.

Unterdessen war Jonathan kurz davor, auf seinem Posten einzuschlafen, doch dann wurde er plötzlich durch ein Geräusch geweckt. Er sah, wie zwei mit Skimasken vermummte Gestalten über die Mauer des Anwesens kletterten und den Garten betraten.

„Ich schwöre dir, die Alte hat Unmengen an Geld. Das wird ganz einfach", flüsterte einer der maskierten Männer.

Jonathan konnte es nicht fassen, da versuchten

tatsächlich zwei Idioten Elaine auszurauben. Jonathan stand auf und trat von der Veranda in den Garten. Die zwei Männer erschraken, als plötzlich Jonathan vor ihnen stand.

„Ihr habt echt einen dummen Zeitpunkt gewählt, Jungs. Ich rate euch, schnell umzudrehen und Land zu gewinnen."

Die Männer schauten sich gegenseitig an, dann baute sich einer vor Jonathan auf.

„Sieh du lieber zu, dass du Land gewinnst, sonst machen wir dich kalt", zischte er.

Die Stimme des Maskierten klang leicht zittrig. Dann zog er ein Messer und richtete es auf Jonathan. Dieser senkte seinen Kopf, lächelte kurz und freute sich, dass endlich mal was passierte. Dann stürmte er auf den Typen zu, schlug ihm das Messer aus der Hand und warf ihn mit voller Wucht zu Boden. Der Kerl wusste gar nicht, wie ihm geschah, und war völlig wehrlos. Der Zweite machte sich direkt an den Rückweg und sprang nahezu aus dem Stand über die Mauer. Jonathan schrie dem Feigling noch nach, bemerkte aber so nicht, wie der am Boden liegende Kerl nach dem Messer griff und versuchte ihn zu treffen.

Jonathan konnte den Angriff zwar noch abwehren, aber die Klinge schnitt über seine Handfläche, wodurch Blut auf den Rasen tropfte. Jonathan packte darauf den Arm des Einbrechers, zog diesen zu sich hin und verpasste ihm einen heftigen Schlag mitten ins Gesicht. Der Kerl fing an zu krächzen. Blut lief ihm aus der Nase, die augenscheinlich gebrochen war. Anschließend befreite er sich aus Jonathans Griff und machte sich ebenfalls daran zu verschwinden, allerdings brauchte er etwas länger, um über die Mauer zu kommen.

„Lasst euch hier bloß nie wieder blicken!", schrie Jonathan ihnen noch nach.

Die Nacht ging vorüber und der Tag begann. Jonathan wunderte sich, dass Elaine noch nicht wach war, denn eigentlich war sie um diese Zeit längst auf den Beinen. Er ging die große Treppe des Hauses hinauf und rief nach ihr, bekam aber keine Antwort. Also klopfte er an die Tür ihres Schlafzimmers, aber auch da gab es keine Reaktion. Langsam betrat er das Zimmer. Im Bett lag Elaine, sie schien zu schlafen, doch Jonathan erkannte schnell, dass sie für immer gegangen war. Er rief einen Notarzt und wartete unten auf dessen Eintreffen. Der Arzt kannte Elaine und war über deren Tod nicht überrascht.

„Sie hatte Krebs im Endstadium, wussten Sie das nicht? Sie hatte nicht mehr lange zu leben."

Jonathan war schockiert. Elaine wusste also, dass sie sterben würde. Er erfuhr auch, dass sie bankrott war und das meiste ihres Vermögens an wohltätige Organisationen gespendet hatte. Jonathan dämmerte es allmählich, die ganze Gruselgeschichte war tatsächlich nur ausgedacht. Elaine wollte in ihren letzten Tagen ihres Lebens nicht allein sein. Er lachte und war froh, der Dame noch eine angenehme Zeit bereitet zu haben. Die Bezahlung konnte er sich allerdings abschminken, da das Geld bereits verschenkt wurde. Er streckte sich und schnaufte kräftig aus. Dann lief er die Straße zur Stadt entlang dem Sonnenaufgang entgegen.

Kapitel 24: Der Prozess

Zur selben Zeit wurde Rick durch ein Hämmern an der Eingangstür geweckt. Vor der Tür stand Detective Bronko Tully. „Guten Morgen Rick. Es tut mir leid, dass ich so früh stören muss, aber leider liegt ein Haftbefehl gegen dich vor wegen mehrfachen Mordes."

Rick war entsetzt und hielt das Ganze für einen Irrtum. Die Beamten legten ihm Handschellen an, als gerade Jonathan dazukam.

„Was ist hier los? Warum verhaften sie ihn?", wollte er von den anwesenden Polizisten wissen.

Er wollte zu Rick, doch die Polizisten hielten ihn zurück, während weitere Uniformierte das Gebäude betraten und Spuren sicherten.

„Rick wird der Mord an Detective Montgomery Wesley aus Haven Port, Nancy Mulligan und einem gewissen Ian Hunter, den wir heute Morgen tot aus dem Meer gezogen haben, vorgeworfen."

Rick war sprachlos, genauso wie Jonathan, der

ebenfalls an einen Irrtum glaubte. Jonathan wollte mit Gewalt die Polizisten aufhalten, doch Rick sah ihn an und gab ihm zu verstehen, dass es in Ordnung sei. Er glaubte nach wie vor an ein Missverständnis und dass sich alles bald aufklären würde.

Die Polizisten brachten Rick direkt zur Stadthalle von Blu Harbor. Dort wartete bereits ein Haftrichter auf ihn. Jonathan rief derweil Tom an und erzählte ihm von den Geschehnissen, während er ebenfalls auf dem Weg zur Stadthalle war. Rick war immer noch überzeugt, es würde sich bald alles aufklären, darum leistete er auch keinen Widerstand. Er hätte leicht die Wachen überwältigen und fliehen können. Doch er glaubte an die Gerechtigkeit und an die Wahrheit.

Der Richter William Stark hatte den Vorsitz, ebenfalls anwesend war Phil Stevens, der belastende Beweise gegen Rick vorlegte. Diese beinhalteten, dass Rick bei all den Morden denselben Typ eines speziellen Sprengsatzes verwendet hatte. Stevens hatte auch gleich passende Motive parat. Wesley musste sterben, weil er Rick auf den Fersen gewesen war, Nancy, nachdem sie Rick anheuerte und er das gefundene Geld für sich beanspruchte. Stevens legte den Detektivvertrag vor, in dem Nancy Rick mit der Suche nach einer Summe von ca. 30.000 Dollar beauftragte. Exakt die gleiche Summe wurde in einer Tasche in der Detektei gefunden. Rick erkannte, dass es sich dabei um das Geld aus dem Safe in Mulligans Villa handelte. Laut Stevens kam Ian Hunter dahinter, dass Rick Nancy Mulligan ermordet hatte, darum musste auch er schließlich sterben. Zudem warf die Anklage Rick vor, mit Carl Craves zusammengearbeitet zu haben. Rick konnte es nicht fassen, was ihm alles zu Lasten gelegt wurde. Er hatte immer nur versucht, das Richtige und Gute zu tun. Sein einziger Wunsch war es, die Wahrheit über sich herauszufinden. Der ganze Prozess basierte auf einem Lügengebilde.

Hilflosigkeit und Verzweiflung machten sich in Rick breit. Er hatte so viel Energie in die Suche nach der Wahrheit gesteckt, dass er nun an einem Punkt angekommen war, an dem er nicht mehr konnte. Alles schien umsonst gewesen zu sein. Doch er wollte nicht aufgeben. Das hatte er die letzten Monate nie getan. Dann erkannte er plötzlich unter den anwesenden Menschen Roger Mulligan, der ihn siegessicher angrinste. Rick dämmerte es, das Ganze war von Anfang an eine Falle gewesen, genauso wie dieses angebliche Projekt zwischen Mulligan und Cunnings nie ein Bauprojekt oder dergleichen gewesen war. Es war der Plan von Charles Cunnings gewesen, um Rick endgültig aus dem Weg zu schaffen. Cunnings wollte nach wie vor Rick loswerden, das hatte er ihm schon damals im Krankenhaus gesagt. Er würde Rick nie zusammen mit Rebecca akzeptieren. Der ganze Prozess war eine Farce, das gesamte Gericht war gekauft und diente nur dem Zweck, Rick aus dem Verkehr zu ziehen. Rick wurde von Richter Stark Fluchtgefahr und besondere Schwere der Verbrechen vorgeworfen. Daher wurde direkt im Anschluss an die Verhandlung sofortige Haft angeordnet. Stark verurteilte Rick zu 15 Jahren Gefängnis. Jonathan konnte nur tatenlos zusehen, wie mehrere Gerichtsdiener Rick aus dem Saal brachten. Rick hätte sich wehren können, stark genug war er, doch sein Antrieb war einfach zu schwach, er war geschlagen. Er war in eine miese Falle gelockt und besiegt worden. Ihn hatte die Motivation verlassen, sich zu wehren. Er sah keinen Sinn darin. Tom traf gerade ein, als sie Rick in einen Gefängnistransporter setzten.

„Rick, keine Sorge, wir holen dich da raus. Vertrau uns!", rief Tom ihm noch zu.

Fassungslos mussten Jonathan und Tom zusehen, wie der Transporter wegfuhr. Auf Nachfragen, wohin Rick gebracht wurde, bekamen sie allerdings keine Auskunft. Angeblich würde er zu einem geheimen Gefängnis für besonders gefährliche Verbrecher gebracht werden. Während Tom John anrief, machte sich Jonathan daran herauszufinden, was passiert war. Er wollte seinem Freund mit allen Mitteln helfen und die Hintermänner dieser Verschwörung entlarven, um Rick zu entlasten.

Stunden vergingen, während John versuchte herauszufinden, wo sein Bruder hingebracht wurde. Nach dem Telefonat mit Tom setzte er sofort alle Hebel in Bewegung. Doch niemand konnte ihm eine Auskunft geben.

In einer engen dunklen Zelle saß währenddessen Rick auf einer alten Holzbank. Die Zelle war vollkommen leer und aus festem Stein. Durch ein kleines Zellenfenster konnte er hinaussehen, aber dort sah er nichts außer Wasser. Das Gefängnis befand sich anscheinend auf einer Insel inmitten des Meeres. Rick war am Ende, er hatte keine

Kraft und keinen Antrieb mehr. Er machte sich Vorwürfe, so überheblich gewesen zu sein, es allein mit einer Terrororganisation aufnehmen zu können. Während er in seiner Zelle saß, näherte sich ihm jemand.

„Du musst noch viel lernen, mein Junge."

Vor ihm stand Mr. Happy und lächelte ihn hinterhältig an.

„Ich soll dir Grüße von Charles Cunnings ausrichten. Er wünscht dir eine schöne Zeit im Gefängnis. Du sollst wissen, dass er es war, der dich hierhergebracht hat und dass du seine Tochter Rebecca nie mehr wiedersehen wirst."

Rick stand auf und ging zur Zellentür. „Na schön, Schluss mit den Spielchen. Ihr habt gewonnen. Zieht das Urteil zurück und lasst mich frei. Ich werde Cunnings nicht mehr im Weg stehen." Mit seinen Händen umklammerte er fest die Zellentüren. Durch seine enorme Kraft gab das Metall nach, aber nur ein wenig. Die Stangen waren zu dick und zu massiv. Rick konnte sie nicht verbiegen.

Mr. Happy begann zu lachen, dann drehte er sich um und ging davon. Dabei sagte er noch: „Leben Sie wohl, Mr.

Sky." Dann verschwand er in der Dunkelheit. Rick blieb allein und verloren in seiner kleinen Zelle zurück.

Epilog

Das Jahr und auch das Jahrtausend wurden unter tobendem Jubel in einer großen Feier beendet. Die Menschen waren auf den Straßen, standen auf Balkonen und Dächern, während Tausende von Raketen den Himmel über Blu Harbor erhellten. Das Jahr 2000 wurde in der Stadt mit einem gigantischen Feuerwerk eingeläutet. Die ganze Stadt feierte fröhlich in das neue Jahrtausend und niemand verlor einen Gedanken daran, dass der Jahrtausendwechsel etwas Unheilvolles sein könnte, so wie es von einigen Verschwörungstheoretikern in den vergangenen Monaten immer wieder prophezeit wurde. Die große Silvesterparty fand hauptsächlich im Stadtinneren statt, während die äußeren Teile der Stadt in Dunkelheit gehüllt waren. Das alte Hartford-Anwesen stand nach Elaines Tod heruntergekommen und unbewohnt am Ende der Straße. Niemand hatte sich seit Elaines Ableben um das alte Haus gekümmert. Vor der Villa befand sich im Vorgarten allerdings seit Neuestem ein Verkaufsschild. Das alte Anwesen war inzwischen durch die Stadt gekauft worden und sollte zu einem Waisenhaus umgebaut werden. Der Wind wehte in einer sanften Brise durch den Garten des Anwesens, wodurch die Äste der kahlen Bäume leicht auf und ab wippten. Auf dem verwilderten Rasen befanden sich noch immer die Blutstropfen von Jonathan aus der Halloweennacht. Diese waren inzwischen vertrocknet und teilweise durch die kalten Nächte des Winters gefroren. Der gesamte Garten schien friedlich und ruhig. Doch dann ertönte ein leises Flüstern. Urplötzlich fing das getrocknete Blut an zu kochen und zu dampfen. Das Geflüster wurde lauter und hallte durch den Garten. Aus dem Nichts erschien dann eine rote Tür inmitten des Gartens. Die Tür öffnete sich Stück für Stück, während die Stimmen immer lauter wurden, während eine dunkle Gestalt heraus in den Garten des Anwesens trat. Der Boden unter den Füßen der Gestalt verdorrte und ließ toten und verdorbenen Boden zurück. Die seltsamen Stimmen waren nun kein Geflüster mehr, sondern so laut, dass sie auch vor dem Haus auf der Straße zu hören waren. Sie riefen immer wieder den gleichen Namen, während die schwarze Gestalt ihre Arme ausbreitete und hinauf in den Himmel blickte. Sie schien glücklich gewesen zu sein, die Tür verlassen zu haben. Die Stimmen riefen weiterhin ihren Namen, als ob sie die Gestalt feiern und begrüßen würden: „Silas! Silas! Silas!"

Der Himmel über der Stadt wurde von dem großen finalen Feuerwerk erhellt und die Menschen feierten ausgelassen das neue Jahrtausend, nichts ahnend, dass das Böse in ihre Welt gekommen war.

Rick Sky kehrt zurück in Volume II „Pfad der Rache"